乐都文学丛书

诗歌卷

时间的玫瑰

SHI JIAN DE MEI GUI

茹孝宏　主编

青海人民出版社

图书在版编目（CIP）数据

时间的玫瑰：诗歌卷 / 茹孝宏主编 . -- 西宁：青海人民出版社，2023.6
（乐都文学丛书）
ISBN 978-7-225-06408-6

Ⅰ . ①时… Ⅱ . ①茹… Ⅲ . ①诗歌 — 中国 —当代
Ⅳ . ①I227

中国版本图书馆 CIP 数据核字（2022）第205990 号

乐都文学丛书

时间的玫瑰（诗歌卷）

茹孝宏　主编

出 版 人　樊原成
出版发行　青海人民出版社有限责任公司
　　　　　西宁市五四西路 71 号　邮政编码 :810023　电话 :（0971）6143426（总编室）
发行热线　（0971）6143516 / 6137730
网　　址　http://www.qhrmcbs.com
印　　刷　青海德隆文化创意有限责任公司
经　　销　新华书店
开　　本　720mm × 1010mm　1/16
印　　张　24.5
字　　数　200 千
版　　次　2023 年 6 月第 1 版　2023 年 6 月第 1 次印刷
书　　号　ISBN 978-7-225-06408-6
定　　价　298.00 元（共五册）

序一

梅 卓

南北青山遥携手，滚滚湟流起春潮。

乐都雄踞河湟，扼守甘青要道，是丝绸南路青海道重要地理和文化节点，历史上曾上演过一幕幕风云变幻大剧，文化灿烂辉煌，人文积淀深厚。在一辈辈代表性文化人物的引领与推动下，尊师重教、崇文尚礼逐渐蔚然成风，由此奠定了乐都文化的久远渊源和深厚基础。新中国成立后，历届县委、县政府着力文化建设，"北山赛马、南山射箭"成为极具品牌效应的群众文化现象，文学创作日趋活跃，"青海文化大县"美名广为流传。本世纪初，乐都县成立文联，创办《柳湾》文学季刊，文艺组织和文艺阵地，犹如两团温暖光芒洒向文艺界，暖光所及，广大文学爱好者创作热情被激活、才华得以触发，新人新作渐次涌现。新时代的乐都实现了由县改区的历史性跨越，区委、区政府将文化建设始终置于重要发展地位，给予强力领导和有力扶持。在美好传统孕育的相互砥砺、相互学习、团结和谐、积极向上的创作氛围中，新生创作力量不断加入，全区作家队伍阵容日益壮大，创作中比学赶超之势愈加明显，涓滴泉溪积为静水深流，盛放之花汇成满目春色，文学园地迎来了硕果垂枝、清香漫溢的收获时节。

既是收获，就有必要回顾与总结。回顾是为了展望前路，总结是为了更好发展。

摆在我案头的五卷本"乐都文学丛书"，是一套涵盖小说、散文、诗歌、纪实文学、评论各文学体裁的作品集，作者众多，内容丰富，风格多样，比较全面地呈现了乐都文学的创作队伍结构状况与优秀作品风貌。可以说，这是乐都文学品类齐全、精挑细选、分量重、成色足的收成，是区委宣传部、区文联、区作协献给新时代新征程的深情颂歌，对回顾全区文学发展脉络、激励广大作家投入新时代文学创作，引领意义和传播价值自不必细说。

每一次收获都是一个新的起点。

习近平总书记在文艺工作座谈会讲话中强调指出："文艺工作者应该牢记，创作是自己的中心任务，作品是自己的立身之本，要静下心来、精益求精搞创作，把最好的精神食粮奉献给人民。"衡量一个时代的文艺成就最终要看作品，衡量一个地区的文艺成绩最终也要看作品。乐都区曾是脱贫攻坚主战场，当前正全力推进经济繁荣、创新兴业、品质宜居、绿色秀美、和谐善治、勤政务实"六区"建设，全区上下踔厉奋发、笃行不怠，共同书写了乐都波澜壮阔的时代画卷，新时代的历史大剧正在这片背负荣光、承载梦想的土地澎湃上演。时代召唤文艺工作者从新时代的重大成就和伟大变革中萃取题材、提炼主题，为人民抒写，为人民抒怀，为人民抒情。

这是我们共同的责任。愿我们载梦前行，永不停步，坚信下一个收获就在不远的前方！

是为序。

序二

丁生文

　　湟水河流经西宁，滔滔不绝地向东奔流，在进入大峡至老鸦峡的一片狭长开阔地带，孕育出了一块丰腴之地，这里历史悠久，人文葳蕤，这就是河湟文化古都，被誉为"文化大县"的滨水生态新城——乐都区。

　　如果海东是河湟文明的发祥地、核心区，那么乐都则是其核心中的核心。青海著名作家王文泸在《文明边缘地带》谈到乐都人时说："他们有礼貌地待人接物，用干净的语言和人交谈，自觉维护着一些约定俗成的文明规则，从而使得看起来稀松平常的乡村生活因为有了文明的骨架而变得法度井然。"2021年元月，中新网以"耕读传家久，诗书继世长"为题报道了青藏高原"博士村"乐都区瞿昙镇徐家台村。综上所述，"魅力海东，人文乐都"的概括无疑是精准的。

　　尤其值得一提的是，从吴栻、赵廷选、谢善述、萌竹等硕儒名士留存于世的作品来看，他们的创作也代表了历代青海文坛的较高水平。近年来，在区委宣传部主导的《柳湾文艺》期刊的引领下，在乐都文化人的努力下，在乐都崇文传统的激励下，多方筹措资金，出版了《河湟民族文化丛书》《乐都历史文化丛书》《河湟历史文化通览》《河湟花儿大全》《柳湾文丛》《瞿昙文化纵览》《凤山书院》等各类文化图书百余部，破羌轶事、南凉史话、鄯州故事、瞿昙传说等也被乐都作家写成地方史志类小说，创造了高原图书出版之最的记录，形成了被业内人士称为最具发展潜力的"柳湾文学方阵"，其作者的作品先后在《读者》《青年文摘》《大公报》《文艺报》《光明日报》《中国教育报》《上海文学》《北京文学》《星星诗刊》《绿风》《诗选刊》《诗江南》《诗歌月刊》《四川文学》《黄河文学》《文学港》《散文百家》《飞天》《黄河》《散文选刊》《文学自由谈》《时代文学》《青年作家》等大报名刊刊发，其中一些文艺家还先后获得"《飞天》大学生诗苑奖"、青海青年文学奖、青海文艺评论奖、青海省政府文学艺术奖、孙犁散文奖、青海省委宣传部"四个一批"人才及青海省"德艺双馨"文艺工作者称号，作品入选省内外多种重要选本。

为了进一步落实习近平总书记在中国文联十一大、中国作协十大开幕式上的讲话精神，培养"胸中有大义，心里有人民，肩头有责任，笔下有乾坤"的文学队伍，献礼中国共产党第二十次全国代表大会的胜利召开，在区委宣传部、区文联、区作协的努力下，编选出版了这套《乐都文学丛书》。该丛书对改革开放以来乐都文学作品进行了巡览式的选编，以点带面全景式展示了新时期以来乐都作者在诗歌、散文、小说、纪实、评论等方面的创作，并辑纳了外籍作家抒写乐都风物、评论乐都作家作品的诗文；丛书不薄新人爱前贤，征集入选了100多名作家和文学爱好者的500多篇（首）作品，既有耄耋作家的作品，也有后起的90后年轻作家的作品；这些作品雅俗共赏、不拘一格，既有黄钟大吕，也有阳春白雪，既收录了精英知识分子写作，也编辑了业余爱好者的作品。该丛书为总结跨世纪40多年来的乐都文学创作积累了宝贵的文学资源，我们相信它将激励文学才俊竭尽全力投身文学创作，为新时代创作更多更好的文学作品。

文化是一个国家、一个民族的灵魂，文化兴则国运兴，文化强则民族强。故《习近平新时代中国特色社会主义思想学习纲要》鲜明提出"建设具有强大感召力和影响力的中华文化软实力"的重大论断。海东早在 2013 年就绘就了"全面建设河湟文化走廊，着力打造海东文化名区"的文化发展蓝图，号召各级领导"要真正增强发展文化、壮大文化、繁荣文化的紧迫感和责任感，将文化建设融入经济建设的方方面面，把文化'软肋'变为文化'软实力'，把文化资源的潜在优势转化为文化发展的现实优势，力争在文化建设领域异军突起，实现海东文化大发展大繁荣"。

　　海东撤地设市之后，市委领导也一再要求：要厚植河湟文化，建设文化名市，打造精神高地，为繁荣我市文化事业提供可靠的组织保证，奋力谱写我市文化事业繁荣发展的新篇章。近年来海东市以习近平新时代中国特色社会主义思想为指导，在市委的坚强领导下，提高站位、乘势而上、担当作为，携手谱写美好生活的时代赞歌，不断开创全市各项事业发展新局面，努力把"五个新海东"美好蓝图早日变为现实。乐都区也紧紧围绕推进"四地""五个新海东"建设目标，以经济领域改革为重点，增强高效能服务，全方位扩大改革开放，推动中央和省委、市委各项改革（试点）任务在乐都区落地生根、开花结果，为经济繁荣、创新兴业、品质宜居、绿色秀美、和谐善治、勤政务实"六区"建设注入强劲动力。尤其是在"人文乐都"的传塑方面，在精神文化的创作方面我们更要凝心聚力、继往开来，我们相信在乐都区广大文艺工作者的共同努力下，"人文乐都"必定会在新的时代再放异彩，乐都文学创作也一定会在千帆竞发的河湟文化重建大潮中更加繁荣昌盛。

　　是为序。

目 录

长桥夜月

南楼远景

块 茎 (外九首)

王建民

书里有成精的狐狸
山中有成精的土豆
如果其他薯类能成精
肯定也是浅浅地藏着的块茎
那些块茎在土里交谈
在阳光下装憨
我们山里人知道真相

它们用茎追索光阴
用肿块储存光阴
又用简单的重复挤走光阴
它们宁愿烂掉也不往深处钻
更不会往高处跳
它们长成我们的肠胃和脑袋
长成我们的腰子和心

拿走我们的食色和魂灵

我们能够从块茎里找到的
正是我们失去的
是手术刀从我们身上切掉的
是我们背负不动丢掉的
一处庄廓跟其他庄廓商谈的
一块村庄与另一块村庄划定的
还有块茎们成精时
那些脐带满天下传送的

它们消遣我们
让我们在大地的故事中
一疙瘩又一疙瘩
从这一疙瘩到那一疙瘩
从良性疙瘩到恶性疙瘩
从不要命的疙瘩
到怕死的疙瘩

它们的脐带
把农业串联成惊天大事
把我们串联成闲言碎语
在口粮的言语里
它们跟我们是彼此的心头肉
彼此都多得像河滩里的卵石
彼此都跟这个天下
若即若离

绝对的骨头

哪一种风的轮转更灵通
哪一重山水的迂回更耐厚
烟雾里的骨头啊
跳个舞吧

山里的坟墓
骨头的戏楼

我们缺了啥
就去翻腾祖坟
我们总是缺点啥
就得折腾先人的骨头

骨头不愿说出真相
就学学戏楼上的唱腔

我们已经不在乎阴天雨天
不在乎乡长是清是浊
不在乎某家丫头突然成精
不在乎通神的大师云游不归

可是除了祖先的骨头
我们不知道该调理什么

骨头啊
跳个舞吧
右手摆个要馍馍的姿势
左手摆个观音菩萨的姿势吧

山　上

群山合围而来
好像我是牛粪火
它们不声不响地取暖

露水凝聚脚掌
掩映生灵的万千心结
我的念珠豁然开悟
做了草叶的妈妈

花瓣驻守我的红颜
风吹着我的尘世
青春的牦牛咽下我的一切
然后反复咀嚼

虽然这么多事
群山依然围拢而至
如果我不在高处盘膝而坐
它们能学会我身上的热吗

帐篷里的花

搭帐篷时它就在那儿
不是故意把它罩进去的
它好看尽量不遮挡它的小脸
这是我的故意
女人收拾毡毯时瞅它一眼
一阵子茫然

它那么小那么娇嫩
又是那么显摆
不能离开大地
也不需要人来供养
对付它甚至没有折中的办法

如果它是酥油中的牛毛
倒也好办可它就是一朵花
它的家人到处都是
包括我的马儿踩烂的那些
它偏偏在我的帐篷里

每天我赶羊回来钻进帐篷
它就让一切陡然大变

旱獭和狐晒太阳的桥上

有海的时候我的家是桥
山的栏杆一栏又一栏
历数我的诺言

人来人往
已经人来人往了
我都说过些什么呵

那是青草的季节
羊儿们这山望着那山高呢
我还能说些什么

旱獭和狐晒太阳的桥上
天天有生灵路过我只想说
我的女人像修了桥的那个人

我的女人是修桥的那个人
看呐快看呐她
从怀里掏出又一堆白色石头

青海湖

我的寒凉对不起那些没穿戴的鱼
他们自由自在却不能飞在天上

我就叫鸟儿南来北往

后来的吐谷浑像一片流沙

我给了他们矫健的儿马

他们不等温顺的雌马

打个性急的饱嗝就上路了

他们有他们的天涯

盛唐的公主长袖阔带

看得出她有一滴泪的风骨

现在她的亭子随处可见

大家的泪水里少了许多盐碱

也就无人为她潸然泪下

现在你立在湖边

要飞就从浪里撕两页翅膀吧

要游就跟裸鲤们商量吧

要想把我湮没

就淌出大士的那种眼泪吧

藏羚羊

月和雪花圈养的

闪电放牧的羊

我一个吟唱的人我知道

你姓藏，名羚，属羊

我们脚上

也有你奔逃的蹄声

那是从绝岭到溪流的羊痫风

前世和来生

一蹦子都没影儿了

尽管踪迹全无也是日子的一种

你的角还是涂抹了太阳的紫色

身子沾染了大地的黄色

你迟早会丰满起来

雍容华贵

旁若无人

如果有了比早晨更好的牧场

你就会一声呼哨把我牧放

我早就知道

你是一位牧人羊嘛

高原舞

那个微笑

那只发辫上的昆虫

那场欢笑

那些皮穗和花边

那段溪流栖身的腰肢

虹的胳臂

羽毛的心

那种时光的袍袖

风的鞋子

阳光的补丁

那西边山上的舞蹈……

每个姿势

都会受妖供奉

每种动念

都能被神收养

稀少的云

你稀缺的，我这儿多得要命

比如蓝天白云

那些云一片一片从天际掉下来

长袍挽留一些，遮挡一些，抖落一些

可是我的一切从未离开过我的心

不知有多少团多少片

晴天的白云，雨天的黑云

它们无法坠落

无法飞舞旋转，落地成泥

滋养善于开放喜好摇摆的植被

只能招来身外之物啦

那些热风、冷风、水分

在所有人头顶上煮一锅粥

好一番云雨呵

好啦，大雨过后流水泛滥

那些水里的心情

再也浇不灭地狱的火焰

好啦，大雨过后水珠逃散

像没完没了的婴儿

噼啪落地，没入日子的云团

剩下琥珀一盘，绿松石一盘

给偶然巧遇的出家人

还剩下简单的心愿

我只好就这么揣着

眯眼看天

匆忙赶集的流云

一晃千年

太阳和冰和石头的水

谁让我透明

我给他草叶的奖章

谁让我浑浊

我给他金子的奖章

谁让我暴跳如雷

我让他坐龙床

浪花，花蕊，星星的粉末

给血脉灌水的护士，生殖的

蛇……

匍匐在阿尼玛卿脚下你们就能看见

我是龙门的鱼遥望的青色

太阳叫我漫无目标

寒冷是个爱收藏的家伙

那个拐弯抹角请我去他家的人

是精致的排污器

他的女人是我不经意的一个拐弯

我是大家的水

大家逐水草而去远上蓝天

我，跌进了深渊

秋日的五峰小镇（外九首）

周存云

当我登上小达坂山的高处

许多事物都近在眼前

但要真正地抵达

却依然遥不可及

生活总是用另一种方式

告诉我们这世间的真相

和你在一起

我并不想谈起工作的话题

可事实上

正是因为工作的缘故

我们才相逢于你曾经走过的地方

人间最美的姿态

就是你突然改变了前行的方向

我们肩并肩坐在了一起

想起曾经错过的夕阳

想起那些被辜负的时光

我知道

还有许多人生的秘密

就安放在岁月的深处

初秋的微风轻轻吹过

五峰镇欢快的脸庞

飘移的云朵

把它洁白的影子投射在我的心头

我恍然明白

你一句久别的问候

就是我期待已久的喜悦

把一种美好带到更远的地方

有时

我会把一个地方的美好

带到另外一个场景

使互不关联的两个环境

突然有了某种内在的联系

正如此刻

我把五峰镇田野上

飘散的丰收气息

还有停留在我的心头

不想告知别人的喜悦

一起带到了都市聚会的场合

就像秋天

振动着翅膀

把遥远乡村的麦香

轻轻推送到大家的眼前

在一些温暖的话题里

在城市绚烂的灯光中

仿佛看见了宁静的村庄

是的就是这样

在突然升起的歌声中

一些人终于抵达了回不去的故乡

岗子沟两侧

时光的马车缓步而至

车上的秋是最后一捆麦子

它把一粒粒饱满的感激

带向了岁月深处

自从走出你的掌心

梦境里就一直闪现你的身影

感谢一场风

在通向你的小路撒满了黄金

岗子沟我指尖上的村庄

纷纷扬扬的往事

使我再一次抵达你的怀抱

童年的花朵开了又开

一粒种子决定了人生的走向

青春在奔跑中流逝

梦想的果实依然悬挂在远方

这个世界上的秋天深了

微月初升

照亮了我走过的路

谁的平静见证了曾经的潮动

是的多少年了

我仍然怀抱旧梦四处漂泊

今夜在这个叫作平安驿的小镇

我仿佛听到了你的召唤

回来吧

一个人的流浪又能走出多远呢

聆听平安夜的钟声

风吹过来

谁的心因守望而激动

除了岁月的声音

还有什么能一下子深入到心灵

当我们终于懂得

热爱麦子和油菜

生活广阔的田野上

只剩下丰收后的空旷和辽远

今夜是谁满怀感激

仰望星空

那高处的光芒

就像母亲手掌的油灯

把我人生的旅途

节节照亮

在突然敲响的钟声里

是什么比灵魂深刻

比飞翔轻盈

而人间的祝福

正在不疾不徐地抵达

是的在飘荡的钟声里

幸福就像纷扬的雪花般

笼罩今夜

这些细小的白色的花朵

泛着光芒

轻轻照亮今夜的平安驿

九月的青海

这是九月的青海

我随着登高的人们

努力攀缘在崎岖的山道

一只鸟突然停止了飞翔

摇晃的树影上

落满了安详

其实

我只想过一种简单的生活

做一个幸福的人

长久以来我执着于

对一种高度的追求

烦恼就像乱石堆满了心灵的河床

在通往高处的路上

我突然看见了自己的盲目

疲惫的行走

使我忽略了绚烂的秋景

也忽略了风中流逝的岁月

许多的事物从我身边消失

最后的村落

像深秋的叶子

颤动在心头

那是春天

我带着梦想和马匹出发

而转眼之间

秋天已经来临

我站在九月的青海

澄明的天空下

大地一片宁静

霜降之后

高原的阳光在霜降之后愈发纯粹

时间老人不动声色

他就是我们未曾认出的画师

在辽阔的大地上

画出五彩斑斓的风景

众多的树木

经历了多少日子的成长

终于在一场晨霜的冷凛中

抵达成熟和辉煌

站在小城的最高处

我仍然不能预见未来

但怀揣思念的人

在远望苍茫的天地时

一下子就看见了

那隐藏在时光深处的往事

它们光芒闪烁

照亮一个人的回忆

在一阵微凉的风里

我听见相爱的人在低语

下一场大雪多好呀

柳　湾

走进青海
走进生长在麦穗海涛声中的柳湾
一个巨大的舞蹈纹盆
引领你走进原始的黄土地
一群腰缠兽皮的女人
在半地穴式的窝棚前
把泥土制造成盆罐壶杯鬲
用绚烂的色彩和变幻的图饰
建造了一个艺术的史前宫殿
神秘莫测的符号如一眼泉
流出了东方汉字文化的灿烂

排列叠错的弧线锯齿
使我触摸到史前生命
激烈跳动的脉搏
漩纹涡纹圆圈纹
让湟水的千姿百态流淌在陶土罐上

舞蹈的人群劳动的人群
把多少内心和土地的秘密
掩藏在简陋的农舍之中
而这些科学和艺术的火花
如灯中之灯
照亮远古人类多少个黑暗之夜

绿色的庄稼就是巨大的欲望

湟水河畔

背水少女的水罐波纹闪烁

贝壳抑或是一枚兽牙挂在脖颈

忧伤的胸前青春微隆

在花色温柔的黄昏

充满期待和渴盼

生殖与繁衍

那些蛙身蛙肢蛙纹

在各种器类上继续孕育着生命的梦想

每一个女人都是一次丰收的历程

那枚兽骨磨成的针

究竟串起了多少岁月

而四千年前的一些麦种

还在期盼着一场雨水

这河湟区域破土而出的美丽啊

引领我们从遥远的辉煌

走向更为广阔的未来

我是你手心的叶子

秋天储藏了多少被忽略的情节

在水落石出的河床

我是细小的沙粒

在时光的浸润里

已习惯了低处的生活

红蜻蜓轻盈地掠过眼前
就像一段飞逝的光阴
让人突然想起
灯盏照亮的村庄
扁担压痛的肩膀
想起那隐居在乡野的歌手
倏然一曲
就唱红了川里的牡丹
唱疼了心里的牵念

马车的时代已经远去
现在空旷的田野
只有我一个人在独自拥有
美好的怀念

我就是你手心里的一片叶子
被今夜的风吹送到远方
面对渐渐变冷的天气
谁能告诉我
沿着哪一条小路才能
返回春天的故乡

湟　水

这是从高原走来的河流
在青海之东
她穿越了三百七十多公里的生命历程

养育了众多的村庄之后

汇入一条更大的河

她始终像母亲那样关注我

陪伴我幼小的日子

直到把我推向成熟的生活

在河湟广阔的田野

我突然觉得

自己就是一朵生长的葵花

是众多种子中的一颗

淡黄的菊花玫瑰色的大丽花

盛开宁静的秋天

使我小小的庭院充满生命的光辉

至今我依然清楚地记得

那个时代酸楚的农业

苦难就像一块块补丁醒目地

布满母亲的衣袖

许多不知名的夜晚想起她

我就会有一种潮湿

一种潮湿中升起的疼痛

我的母亲般的河流啊

有多少苦难

就有多少流淌的希望

当生命的车轮留下粗重的经络

你家园般的恩情啊

总让我产生莫名的感激

白　马

在月亮收拢芒羽的夜晚
我看见梦中的白马
缓缓地走向高处
像一片遗漏的月光
行走着照亮许多人无梦的睡眠

在风吹雪落的黄昏
我看见梦中的白马
站成高地上的风景
像雪花堆积的灵魂
长嘶着消失于大雪深处

我知道一匹马的出现
定有一段沉重的风雨历程
白马站在高山之巅
一定看清了可能的去路

可是白马为什么长久地伫望着
嘶鸣着而没有出发呢
为什么在我的梦中反复出现
像最初的火焰
去点燃谁的心灯呢

当大风吹落子夜的星辰
当白马再一次闪现在我的梦境
我终于知道高山之巅的白马啊
你是在寻找着一辆青海的高车

彩陶罐里的青稞（外八首）

蒲永彪

这一刻

我半眯着眼睛

躺在午后的山坡上

对面

就是滔滔东去的湟水河

河岸上

柳树成荫

獾猪、豹子、野兔自由出没

山脚下的土地

泛着蓝色的光芒

哦

那是我种植的青稞

我亲爱的青稞

正蓬勃生长在我亲吻过的黄土地上

曾经

我肩扛彩陶盛着湟水河的泥水

浇灌过你们

曾经

我用粗糙的双手给你们捉过

那些飞来飞去的虫子

曾经

在电闪雷鸣的日子

我也祈祷过上苍不要将你们覆灭

等到

你们成熟的日子

我会哭着笑着

用石刀把你们收割

或者或者

干脆把你们的穗头直接揪下来

然后带回家

揉出一粒粒丰盈的果实

晒干、吹净

然后再把你们熬成粥

喂养我饥饿的胃

喂养我那些嗷嗷待哺的孩子们

剩下的

待到春暖花开冰雪消融的季节

我将播种

等待年复一年将你们收获

一直到

我的子孙们

将我和你们一起

埋进土里

等待考古学家的发掘

起个笔名叫抹布

可以用来抹锅抹碗

也可以用来擦拭桌子

可以挂在一个钉子上

也可以踩在脚下

不需要珍藏在柜子里

也不需要蒸汽熨烫

脏了的时候

洗洗，拿来又可以用了

当你觉得我破烂不堪的时候

就把我丢弃

丝毫不要觉得可惜

但是你还得从母亲穿过的线衣

重新剪一块

或者从早市上再买几块回来

一个勤劳的主妇的家里

是不能没有我的

我有个朴素的名字

叫抹布

好吧就这样

给自己起一个笔名

叫作抹布吧

和农村老家那里给娃娃们

起个小名一样简单

叫尕有、存儿或者领兄、连弟

不希望你发财

不希望你升官

也不希望你在诗坛盛名大作

不要你装腔作势

不要你佶屈聱牙

更不要你糟蹋祖国的文字

只希望你朴素

希望你踏实

更希望你有用，耐用

用一生的默默无闻和反复的脏

换来家里随处的干净

世俗地活着

从冰箱拿出七个鸡蛋

洗干净

放锅里煮了准备做早餐

其中一个破了

白色的蛋清飘在水里

像白色的云朵

飘在碧蓝的天空

窗外有雨是阴雨

有阴雨的天气

是看不见云的

这让我起了怀念

也让我耽于怀念

怀念那些陈旧的往事

怀念那些落满尘埃的信笺

怀念那些过往的日子

怀念

也让我感觉自己在慢慢老去

像锅里的鸡蛋的壳

慢慢失去光泽

也像包裹在蛋壳里的蛋黄

渐渐凝固

就这么老去？

谁说归途漫漫？

我打开窗户

风夹着雨扑在我的脸上

而我面色依然从容

我不说来路坎坷

也不必说来路坎坷

我也不说长途跋涉

也不必说长途跋涉

我什么也不说

我在高压锅里煮粥

放进去小米、糯米、黑米、过往的恩恩怨怨

也放藜麦、大枣、核桃和红颜知己

我要世俗地活着

我炒小油菜

还放进去红薯粉条

再浇上一些卤肉汤

我得好好地活着

按时吃饭

按时上班

按时睡觉

我不去酗酒

也不去赌博

我看电视

我听广播

我也读书

闲暇时还吹吹口琴

我去跑步

我去打球

我也去游泳

假期我也会回到年轻时想方设法逃离的故乡

不再羞于贫穷

不再耻于卑微

我也会坐在山坡上的祖坟里

看夕阳照明

看青草绿绿

看一川的袅袅炊烟

也看一生的平平凡凡

妈妈，我想我寻找的只是一粒麦子

妈妈

一片土地

一片能够生长庄稼的土地
能够活多久
我不知道

妈妈
在黑的裙子山下
在灯火璀璨的乐都大街上
在水泥钢筋的丛林里
我找不到回家的路

妈妈
今夜我喝醉了
我的样子像一个要饭的乞丐
触摸四周
除了坚硬还是坚硬
除了冰冷还是冰冷

妈妈
这是丰收的季节
这是喧嚣的夜晚
满天星光
我却闻不到一丁点收获的气息

妈妈
我想我寻找的不是整个世界
我想我寻找的
只是一粒麦子

一粒从土地上生长出来的麦子

妈妈

如果可能

我还会像小时候

背起背篓拿起镰刀

去田野给家里的猪娃打草

妈妈

如果可能

我还会像小时候

在清晨的曙光里

背诵大小多少人口手

妈妈

如果可能

那就让我回到小时候

在这一片曾经能够生长庄稼的土地上

去寻找到那一粒

怀揣梦想的麦子

遥远的闪电

北边的山头上

闪电一道接着一道

夜空的边缘

撕裂一次又重新愈合一次

下下一次被更猛地撕裂

他们可能实在是太远了

再加上我和他们隔着玻璃窗户

所以我听不见一丁点的雷声

如同我反复被你用烧红的烙铁烫伤过的心

在这样的深夜里

即使拼尽全身力气撕破喉咙呐喊

也不会被你听见被你看见一样

甚至

在这样的夜里

你看见你听见的

永远都是和风细雨里

我正在开花的样子

保持我在你眼里的完美和最后一丝尊严

掩埋住所有已经死灭的灵魂

用行尸和走肉

还有大口大口的鲜血

以继续匍匐前行的姿势

虔诚供奉你眼里你心里那朵永不枯萎的花

可能是今夜

所有闪过的雷电

给予我最隐秘的启示

红月亮

初夏的傍晚是温热的

垂柳掩映的堤岸是温热的

这么大的月亮

这么红的月亮

这么大这么红的月亮

近在咫尺

几乎触手可及

就像行走在夜河里坊船上的圆形的纱窗

透着蜡烛的红光

纱窗是温热的

红红的光也是温热的

我知道你就坐在纱窗的后面

我看见你的身影映照在纱窗上

我听见你在红色纱窗后面吃吃地笑

你的身影是温热的

你的笑也是

此刻

我的思绪也是温热的

想你

也被你想

疼你

也被你疼

爱你

也被你爱

仿佛这烟火人间

从来不曾有过寒冷阴缺

是的

人是长久的

这人间情事

也一定是长久的

想去你生活的城市看你

突然有种冲动
想去你生活的城市看你
查了最近的列车时刻表
我和你只有后半个晚上的距离

如果决定出行
我将在午夜时分
从这个已经入睡的城市出发
而我的抵达
将准时在明天的黎明

也许你会在出站口接我
也许你会在一个饭馆等我
也许你会在一个街道的酒吧约我
也许你会有千万种也许
只是我从不敢想象
你没有一个也许

从未想过相见时
你会给我一个芬芳的拥抱
也从未想过你会伸出你的手
将我的手轻轻握住
甚至可能你连一句来啦

都不会说出口

我和你的相见

百分百可能是静默的对立

一生看过无数的花

在不同的季节

其实我知道

世间还有一种花

她只开放在春天的一个梦里

她也只能枯萎在秋天的心里

正如你所说

微风吹动在湖面的每一圈涟漪

无一例外

最终都会沉静在岁月的湖底

落叶的私语

为了靠近你

我积蓄了一个春天和一个夏天的力量

这你是看见的

而一个春天和一个夏天

几乎是我一生最美的时光

我从娘胎里就爱着你

我从天山的雪水里汲取营养

从回暖的春风里鼓足勇气

我冒着狂风暴雨

顶着烈日

长成茁壮的样子

甚至

为了取悦你

我把自己涂抹上油油的黄色

只是为了在芸芸众生中

让你第一眼就发现我辨认出我

并心生爱慕

我也曾经寄希望于一见钟情

在你许多的追求者中脱颖而出

在春天或者夏天的某一个夜晚靠近你

这你是知道的

而今

我终于挣脱世俗的禁锢

放弃了所有的矜持和尊严

从高高的红尘里向你靠近

我不敢以直落的方式向你靠近

而以摇摇摆摆的舞姿向你靠近

这只是生怕你讨厌我的简单和直白

靠近你

我必须以含蓄和羞涩

而今

我终于要靠近你了

甚至

为了掩饰我脸上的泪痕

我精心选择了这个秋雨绵绵的日子

而你

为什么一直默默无语

鲁班亭

小时候出去玩
被隔壁家的大男孩欺负
然后哭着回家
母亲心疼地用衣袖擦掉我脸上的泪水
轻轻对我说
孩子，不哭不哭，勇敢点要像个汉子

稍大一些
能够干一些农活了
经常被镰刀割破手指
或者被粗糙的铁锹把子磨烂掌心
强忍住泪水把土碾成面洒在伤口上止血止痛
父亲对我说
儿子，你看起来还像个汉子

长大后
出外求学工作结婚生子
为生计而挣扎奔波
用孱弱的身躯撑起家庭的重托
把所有的苦难都藏在心里
每当夜深人静万籁俱寂
老婆对我说
老公，你是个汉子有委屈就哭出来吧

而如今

我把双脚深深插进这块土地

以一块巨石的样子矗立在大河中央

顶着狂风暴雨

任凭猛兽洪水

生我养我的青藏高原啊

请您看看

我是不是一个真正的汉子

登临松花顶（外八首）

郭守先

沿着追风草攀爬的足迹

登上了故乡的阿爷峰

虚荣与酷暑一起

被扔在河湟谷底

岚风激荡梵音低回

晨钟在正午被我们这些

迟到的朝圣者敲响

惊诧了栖息花丛的山雀

走在经幡、风马装扮的天街

如世外仙人

微露落满了眉毛和发丝

云遮雾障

遗憾不能尽览色界的风景

然而有人毅然不肯

屈膝叩请老天爷开恩因为
他已看清神祇彩绘的真面目
他只欣赏补天石
横卧峰顶初心不改的壮美

走近格尔木

在郊外踏勘过万丈盐桥
在城中主持过蟠桃寿宴
但我们相视仍然是陌生的
我不知道您的钾纳镁锂
您不识我的剑胆诗魂
沙砾遮盖了您的美丽
岁月磨损了我的锋锐

直到我们一行莅临
踩翻察尔汗盐湖的调色板
看到染红的枸杞
抹黄的胡杨
涂白的玉珠峰
写下群贤备至、耕云种月
绘出明珠垂露、昆仑晨曦

直到我们一行登上将军楼
看到第一棵树第一株草
瞻仰过慕忠生同志生前的行迹
奔赴五子湖

品尝过四色珍珠咸果

您的灿烂才被我描摹

我的狷狂才被您知晓

迭尔沟印象

山青水白。蒙藏土三族土司

都没能挡住诱惑

都迷失在您的怀抱里

携手夯筑的庭院内

李子沙果软梨硕果盈枝

辛勤植培的绿荫下

秋菊福气月季姹紫嫣红

风调雨顺　核桃无须

等待十八年就能开花结果

地灵人杰　子孙无须

玉面圣母庇佑就能攀龙折桂

春和景明。是谁踏破铁鞋

找到了通往松花顶的捷径

又是谁让埋没深壑的沙石

铺就了直达幸福的康庄大道

祖坟前　那棵

花开春秋的檀香知道

庄廓边　这畦

引进巴西的藜麦知道

他的名字已被走基层的墨客

题写上新农村的墙壁
已被河湟的花儿高手们
唱进三族土司所有后裔的心宇

学考驾驶证

从贵族变成了四类分子
只能接受平民的斗私批修
从学人变成了学员
只能听忍校办的朝令夕改

自由从此被监控你休想
解除自己买系的绳锁
不管是车身扫线还是倒车出库
你都会被红外线出卖

你必须把自己的车辙
严格掌控在距黄实线 30 公分处
你必须学会徐缓行驶
且不可在中途意外停车

瞻前顾后靠边站
左顾右盼曲线行就是宿命
否则你就不可能平直转弯
收获起步半坡的笑靥

大圆山望月

强登凤凰山受阻

凌绝顶与望平川都不能

如平阳虎、似丧家犬

不幸流落苦水沟的我

只能另辟蹊径

嫦娥从楼后露出素颜

用温馨的朗照

驱逐了山野的暗寒

用广袖拭干了我滴洒在

大圆山脸颊上的泪

清风拂散暮霭

真想伸出胳臂与自己的影

在山巅跳一曲探戈

特立独行的我

又听到了蝉鸣与涛声

放眼望去　万家灯火

正携手谱写古城辉煌的夜

苦尽甘来　是大圆山

圆了居民与诗人

一个暗香浮动的梦

远方速写

远方不在西天肃穆的佛堂
也不在东方庄严的庙堂
那里有一座峰刺霄汉的笔架山
山脊的雪线下
长满了长青的云杉和美丽的红柳
那里诗人无须登涕幽州台
就能前可谒古人后可会来者

远方不在传说中的伊甸园
也不在避秦时乱的桃花源
那里有一片草长莺飞的湖语村
湖畔的花树上
开满了艳姑绚丽的文艺梦
那里游子无须费劲踮起脚尖
就能举手摘到心仪的水晶樱桃

长路漫漫，远方究竟有多远？
说远，我和她隔着数座城郭
说近，我和她只隔着一个冬天

鲁 19 师生联谊会乐章序曲

一

从文研所到文学院

从丁玲到张健

从郭沫若到欧阳自远

从八里庄到育慧路南

多少人呕心沥血

舌耕冰冷的讲坛

多少人披星戴月

用生命的体温孕育春天

二

披着漠北高原

漫天飞舞的雪花走来

戴着江南三亚

绽放的三角梅、木棉花走来

为了鲁迅雕像下

今生一个无法释怀的梦

为了中国现代文学馆

池塘边柳树下

前世北京春天的一个约定

三

文化强国的东风

吹得是那么的强劲

学兄获奖的消息

又是如此的振奋人心

只要我们踩着

他们的足印义无反顾地前行

只要我们围绕着太阳

公转不停

文学的春天就一定来临

鲁 19 诗歌沙龙主题词

谁说北京的春天不好

高音、低音

都在跳动民生的音符

红花、黄花

都在涂染祖国的蓝图

谁说北京的春天不好

五位一体的行政体制改革

共同协奏

美丽中国突破瓶颈的乐谱

谁说北京的春天不好

特殊的鲁 19 重温了

红色艰难凯旋的旅途

学者、导师在讲坛上

都愿意用智慧启迪民主

谁说北京的春天不好

莫言与库切的巅峰对话与握手

给中国的诺贝尔情结

画上了一个圆满的句号

谁说北京的春天不好

跨越季节的飞雪

洁净了 2013 年迟到的春天

温塘劈开暗夜的篝火

还在把我们的记忆烘烤

谁说北京的春天不好

肩负责任和使命的

19 棵白杨与 31 棵绿柳

携手孕育的红梅

和文学的春天一起蓬勃不老

锦绣广场挽歌

没有契约

也不能与主人共进午餐

谁会把这里

当作生命的栖息地与目的地

除了园丁

除了卖身为奴的赤子

所有的人都是匆匆过客

它可能只是

退而不休者的养老院

它可能只是

无家可归者的暂住站

正月十五的约定已经成为谎言

花灯已经不可能

再从这里升起

把它打造成亚洲的圣彼得

更是痴人梦幻

夏天走远

除了发黄的树木

没有一对爱者出现

在冬天没来临之前

赶快上路吧

时间已不容我们

在这里听雨题诗说地谈天

彩陶：柳弯静静的光芒（外八首）

索南才旦

在黄土与雪地交融的湟水谷

轻轻拂去四千年落定的尘埃

尔后紧紧握住古人的手

一双双如此冰凉如此灵巧的手啊

灵巧得如同天公在空中绘制彩虹

是你们烧制最初的人间色彩吗

是你们创造最初的人间财富吗

为什么若干年以后悄然离开故土

是因为弹尽粮绝移居他乡

还是因为一场空前的灾难

使你们妻离子散沦落异地

我们看着一簇簇静静的光芒落泪无语

在心与灵魂的完美对话中

完成一次跨越时空的祈祷

面对静卧的智慧与闪烁的光芒

所有的文字和语言只能俯身叩首
我们只能用现代的方式默首祭奠

走吧！走进烧制彩陶的柳湾部落
长者粗裂的手中骨针飞扬
流苏的腰裙和投石器顺手诞生
男人们取土和泥在陶坊忙来忙去
想起族人庆祝丰收和喜悦的圆形舞
想起星光下幸福的呼噜声
就这样手舞足蹈人头蛙形的多种盛器
在他们的精心呵护下像生命一样诞生
女人们劳作是为了陶罐中盛满食物
把谷粟和猎肉贮满过冬的陶罐
老者远逝骨针一枚或彩陶千件

面对静卧的智慧与闪烁的光芒
所有的文字和语言只能俯身叩首
我们只能用现代的方式默首祭奠

创造财富拥抱财富
好多种欲望迂回至今

走在草原上想自己的家

走在草原的掌心
一种没有过的感觉终于诞生
恢宏同渺茫交织萧瑟与温馨相容

远方的牧羊姑娘啊
你在为谁吟唱流泪的歌

记忆的宝库紧锁
一个名叫云华的妹妹
闪现在岩石之上
犹如望夫之石令人心碎
怀揣一只流浪的兔子
心痛的眼泪流与谁看

一种思念照亮我黑夜的行程
在家的感觉真美
儿子的模样该是如何
开心的笑与伤心的哭泣
预示怎样的吉祥与苦难
走过草原就是我的家
湟水岸边一座平房好可爱

九月，我在江源之上

静静的，我在九月的黎明中悄悄醒来
面对大地早生的华发
战栗在清凉的空气中呼吸凝固
眼睛和思维如僵尸分段行走
收获的季节不应该有太多的残酷

远处的画面逐渐清晰

那片云朵那片牛羊以及那片炊烟

让我怀念整个夏天的奔放

泪水轻轻擦过世纪的面孔

除了呜咽还是呜咽

静静的，我在九月的雾霭中悄悄走来

面对江源涌动的信念

倾听天籁之音正在凝固成团

挥挥手看不见远逝的花朵

黑色的帐篷不应该开成洁白的雪莲

飞吧，让灵魂栖于这洁净之地

而后在九月的江源之上

让无奈的躯体随翼归航

坐在烛光下穿越玉树

在夜的中央点燃一根蜡烛后

收音机传来莫泊桑的《绳子》

于是，我在一块石像前聆听哭泣

尽管草绿水清

尽管心的思念逝于远方

而我却用锈铁般的手

绘画着一幅呻吟的梦景

踱步于江源的心壁上

修饰的语言没有张力

此刻的心情沉重如死

一张撒向草原的心网

打捞的何止是生命的点点滴滴

尽管一路风尘一路苦泪

尽管一路忧郁一路感叹

而我却用粗裂的心

思索每一个白天黑夜

就在夜的中央吹灭仅剩的蜡烛

黯然中流下一串思念的泪

一种精神开始哭泣灵魂

在秋天的光芒下飞翔

一丝凉气从天际滑落

我仍在三月的阳光下

徘徊 惆怅

我的好兄弟

我很快就要回到老家

因为冬天就要来临

因为漂泊的心载负太多的苦难

落雪的日子一天天密集

怎么样的翅膀

怎么样的心情
怎么样的光芒
才能拒绝雪的飞翔呢

走吧！举步进入
让秋风熨平额头的沟阡
而后捡一些颗粒状的种子冬眠

秋的深处
热烈的光芒业已暗淡
我在烛光下孤独成一首瘦诗

站在巴颜喀拉山望风

生命的火柴
点燃一柱通天的火炬
五彩的经幡作声欢歌
转山老人的脚步深沉而铿锵

刺入天幕的山峰
变成今夜不尽的风景没有破落
钩心斗角的野牦牛
只是在做短时间的游戏
巴颜喀拉流淌的沸血
凝固成幸福的通途而令我感慨
回旋已久的鹰鹫
凄凉的哀叫搏动大山悠悠震颤

站在巴颜喀拉山望风

千年石书堆积的仓储猎猎作响

八月，我在卓仓老家

透过热浪

穿过麦芒

我在一个叫卓仓的地方遥望玉树

一块巨大的云朵

在无垠的草原上空

为忙碌的生灵遮挡强光

霎时云朵散尽大地骚动

我是一个忧郁的歌者

此景此情也没能使我快乐起来

那么就这样保持沉默吧

带着亲爱的妻子和儿子

在湟水边的那棵大树下乘凉

玉树，穹宇好高

而那景象依然悠荡于八月

忘却已不再那么简单

这时我听到江源哭泣的声音

我在一个叫卓仓的地方遥望玉树

穿过麦芒

透过热浪

秋雨或者是雪

夜被盛秋的雨水轻轻安抚
我在三江源在温暖的帐篷里醉卧
静静倾听雨水打落的美妙
感悟一种从未有过的惆怅
一步一个脚印
一岁一个秋天
一生一个梦想

子夜时分
雨神话般在高原这片空宇走失
洁白的花朵纷至沓来
奇妙与幻化在秋与冬的临界上变得更加现实
从骚动到悄声无息
把躯体交给大地的只有雨
从嘈杂到柔和无形
把灵魂交给天空的只有雪

秋天的到来很真实
而飘落的雪花更觉安逸

今夜，一种诱惑已无法阻挡
在秋与冬的情爱中燃烧自己
在秋与冬的呻吟中否定自己

滴落在帐篷上的雨很清脆

飘落在心上的雪花无奈

假如我是一只雪白的鸽子

流年的岁月打不开太多的喜悦

我只是在高处孕育飞翔

假如我是一只雪白的鸽子

愿在铃音中聆听爱的力量

日子的车撵越陷越深

一朵浪花的高度应该如何丈量？

假如我是一只雪白的鸽子

愿在黄河的悬崖边筑巢起灶

烂漫的山花步步隐退

唯有一份彻骨的痛深埋发芽的种子

假如我是一只雪白的鸽子

愿在故乡的小路上守望高昂的灵魂

高处的冰川在呻吟中日渐消瘦

亿万年的记忆锁不住骚动的心

假如我是一只雪白的鸽子

愿在绿色的世界里叩首大地之爱

时间的玫瑰（外七首）

马国福

稻谷家国
杯酒魏晋
一个俗人的星空
踟蹰着一个唐朝的背影

一滴酒里生长着万顷良田
一粒米上照见道德和父辈笑脸
酒是时间的玫瑰
兄弟是年轮的沉香

中年山河
醒后的自责
改不掉倔强的颜色
一幅臭皮囊巩固着国界

养一盆竹还原魏晋月色

用笔打铁

好的骨骼从不顺从铁锤的轮廓

竹叶青青来自遥远的教诲

记住祖先恩泽

草在废墟上造一座宫殿

钢筋在建筑楼里拔节

草在扩张它的帝国

在这垃圾遍地的世界

草为最初的泥土守节

这建筑废料里的小清新

清高、寂然，仿佛不合群的人

不肯向世俗的华丽和迁移投降

这些士兵长矛在手

警惕着日益扩张的城市版图

傲慢的脚步

在针锥之地学会生存

学会和霓虹对峙

草在建筑废墟上建一座宫殿

当它有了信仰

它也会追随一阵风

把根扎在高楼的最顶层

带着神的表情

俯瞰众生

一个人的内心该有多辽阔的粮仓

我入眠的那部分
是夜的留白
花朵凋落于时间的谕旨
风埋伏于夜晚深处
从不为美的破碎负责
后半夜孤独长成树
那些奔腾如骏马的酒精
从猎猎西风趋于平静
仿佛不期而遇的中年教会你调频
一个人的心里
该有多辽阔的粮仓
才匹配灵魂深处的知音
肆意对饮
春风很浅
浅如一个嘴唇
轻轻一抿
花就落了
一个酒徒
抱着一生的热爱
那挂壁的水珠
清澈如海
剥开一粒粮食纯洁的内心
我坦诚以待
每一个仰首的瞬间

在眉宇间荡漾起细小的褶皱

铺就了我命运里神秘的路

在春天，去问候一匹马

在城郊接合部

一条春天的河流瘦成一根缰绳

油菜花在堤岸站成仪仗队

一匹马在岸边低头

固执地用蹄子刨着裂缝的水泥路面

它如内科医生般敬业

企图剖开城市的病体

探究沥青混凝土路面下

包裹着怎样的内脏

"小心你的蹄子"

我真为它担心

它不知道城市的暗道里

潜藏着很多废铁丝　　玻璃碴

这城市的轮廓里

哪里是你的家？

一匹马在风中低下头

它的孤独在水泥路面看不见痕迹

一匹马在城市隐匿户口

爱人去了远方的草原

家园早已被雾霾蒙住门牌

我想知道

每一个孤寂的夜晚

你的梦里是否有格桑花盛开

你无法抵达的天涯

油菜花速记着你响鼻声中的牵挂

风过后　身边的河流涨潮

你眼角的泪水倒映远方的草原

你应该在夜里月色下狂奔

你却在城郊接合部被一根绳子

固定在河边徘徊

仿佛在等你失散多年的爱人

梨花、梨花，远走的风马想回家

春风捎来的音讯

照见远去的故人

宛如一个梦境

让我的世界下起大雪

你花蕊里的星星

令我想起爱人的眼睛

春风搭建起宫殿

每一片花瓣

写满芬芳的牌匾

平民的梨花
宝贵之心攀高春天
白衣王后
在高原让我们热泪盈眶

一朵一朵的梨花捧出
一颗一颗的钻石
你让春天没有门槛
却让我们拥有了整个世界

酒风浩荡在深夜的乐都大街

凌晨一点的古城大街
空旷如一张宣纸
需要青稞酒来着色
我们碰杯让青稞在深夜开花

那些弯腰打酥油的卓玛
那些耿直彪悍的英雄康巴汉子
以及嘛呢石上佛光闪闪的信仰
统统走进我们用酒构筑的王国城池

没有雪花的乐都大街
高楼长成竹林让我们回到魏晋
我们划拳端起酒杯一饮而尽

饮酒如打铁让我们看见魏晋淬火的星星

酒杯辽阔　酒香浩荡
羊肉串　炒面片　深夜的街头炉火兴旺
酒杯是我们的口碑　善行是我们的佛性
酒杯碰在一起的铿锵发声
仿佛不同的心脏汹涌起相同的乐章

深夜的乐都大街拉长离别的身影
东西南北都通往魏晋
我们握手告别 道一声后会有期
仿佛有十个春天在为我们写诗

和每一粒粮食做知己

每一滴酒的源头
是窖里修行的粮食在蒸馏
时间的风霜和春秋
让它们坐化成大地河流的温柔

所有的粮食沉默集体发酵
这灵魂的舞蹈
让每一滴水站立着奔跑
舞动大江大河大海的波涛

和每一粒粮食做知己
让每一滴酒升腾为小径分叉的花园

你是生命里最美的春天
是泅渡我人生的船和彼岸

这五谷的帝国和宇宙
统领着亿万谷物光荣殉道叩首
酒是天地联袂奖励给我们的勋章
这一生的信仰让我们谦卑低头

乐都，乐都

出了高速路口
就看到彩陶里飘洒的青稞美酒
让湟水河的浪花拍打她母性的温柔
过了湟水大桥你已走进故乡的胸口

购物中心路口中转多少笑脸
每一次回头都是挂牵
乐都，天南海北前来皈依的站点
都是最深沉而又复杂的期盼

一生的思念有多漫长
湟水河只是静静流淌
她的琴弦被河里安详的野鸭拨响
冬风里你裹紧衣裳
"乐都"这个名字炭火般温暖胸膛

总是要说离别又总是犹豫着迈开双脚

你看父母一天天老去的眼角
泪水无声滑落
就像我们的青春融化在日落

乐都，乐都
出发与抵达概括一段归途
那南山教会你的幸福
那北川颁给你的谕旨
就请你用一滴水藏起大海般的祝福

扬州履痕（组诗）

郭常礼

个　园

好独特
先用一个名字让人遐想半日
再用半个园子的竹林
映月讲述
近二百年来的动人故事

一片乱石的叠加
占尽华夏园林的半壁江山
春夏秋冬的一个转身
轮回了主人一世的人生

那块丑石
原来就是美到极致

多少岁月里

我们追求的脚步

总是有偏离

透过眼帘一层水雾

我把一抹浮躁

丢弃在离去的地方

金农旧居随想

是谁一时心血来潮

将你们几个放在一起

再叫一个"扬州八怪"的别号

一时间响彻了祖国的四面八方

在那贫病交加孤苦伶仃的日子里

你把凄楚过成了洒脱不羁

冬心先生啊

你用一代宗师的成就

换来的竟然是身无余钱埋葬自己

前院里那些巨大的印玺

其实就是花不尽的金元宝啊

可你们时常要去当掉衣衫

养肥的只是些后生晚辈

你们一个个的随心率性

怎经得起俗世的雨打风吹

不如归去卖画

尚能赢得一世的诗酒豪情

板桥竹影里

那条乱石铺成的路上

你们用自己的俊伟人品

点亮了一大批耀眼的人名

拜谒史公祠

孤城死命的那十个日夜

你丝毫不惧城外那些火炮

生死不过是一句话而已

回头下了城楼

你却不敢面对那些绝望的眼神

哭爹喊娘的叫声

远比城外的火炮更伤人

人世间太多的遗憾啊

结局来临

你只把死不瞑目砸在那断头台上

昂首而行

梅花岭下

忠魂何在

八十万愤怒的扬州厉鬼

早已聚齐

从此

在每一个月黑风高的夜里

扬州城上空总是飘着一句

呔！多铎那厮休走

吾来取尔狗命

御码头见闻

同样的几片青石

能泊个船罢了

自打立起一块"御码头"的石碑来

天呀！游人穿梭

挤着上去用手摸摸溜光的碑面

抢拍几张有着很多陌生人的照片

把导游的喋喋之语

把心底的祈福之愿

带回家里去

小心地向亲人转达

原来

这个"御"字能点石成金啊

让它一点立时身价百倍

雨中南山（外五首）

李天林

跋涉，不跋涉

极目四季的地平线

苍茫大山我只能桀骜不驯

攀登，溅起一路风尘

漂泊不定的游思

渗透没有言辞的孤寂

群山无语隐匿

引诱放肆的野马

吉凶难卜的喘息

野马难容

又为野马所爱

沉着坚定

赤脚丈量苍茫大地

需担负清平与孤寂

黄河序曲

总是在午夜的时刻

常常想起这流淌的黄河

任世间的河流穿越历史的长空

不懈地求索与创新

永远是人类唯一的选择

音乐是坚硬的

常常在陨石滑落的瞬间

为人类的远行指定前进的航向

这咆哮的黄河这片多难的土地

没有什么可以阻碍人类的飞翔

星空质子 π 介子

只为一种存在的方式

在透彻的看见阳光的刹那

只有航向渐行渐远

聆听只是思维的方式

海鸥飞过优美的弧线

总会触痛人类的暗伤

当黑色的唱片

铿锵地散出这激昂的音符时

在黄河的每个角落

总会腾起飞扬的马蹄

叙述一个民族远去或正在

发生的历史

甲申之冬

未及梳理我的

长发与思索

这个季节已挟着

漫天的雪花逼近了我

这是一个忧伤而寒碜的冬

那河边的杨柳

像祥林嫂干枯的影子

在寒风中瑟缩着

墙角堆积着的黑土陶

不断地显示原始文明最喑哑的字符

屋子里的小土炉生发的火花

只够我想象这个季节

除了苍白还是苍白

我只好孤寂地坐在墙角

一遍遍地静听冰冻的嗦嗦声

嗨真渴望有只野狼与之共舞

心灵的坎似夯的结实

蜘蛛一只蜘蛛

勇敢地矗立在冰冷的墙壁

似威武的战士

静静地守卫这思想的幽魂

敬畏苍天

在这荼毒惨败的雪域之冬

竟有桀骜的灵魂
与我共享上帝的恩赐

一个人的四月

在紫丁香盛开的天空
我不时地听到一种喘息的声音
黑色的石头睁大明亮的眼睛
静静地窥视茫茫大地上发生的一切

一只苍鹰
带来黄昏英雄骄傲的光芒
我还看到不远处贫瘠的山峰
披满碧绿生机的小草
小鸟在那里悠悠地啄食
一只只蛾子被沉闷的雷声
悄悄地惊醒
裸露他那奋进的羽翼

大地啊让黑色的骏马
载着我北方的疼痛
把大地留下的空旷
一点点一点点
带走

诗或歌
——黄昏时刻的黄河滩

收割月亮的夜晚

情侣们坐在蓝色的花丛中

幽蓝的眼神明明灭灭

美丽的花豹子

把头颅轻轻地安枕在湖畔

摇曳的烛光下

一支久远的歌轻轻地弹唱着

紫红色的玫瑰和着

流浪的情韵悄悄地

在湖畔燃烧暗香浮动

一个个青涩的吻贴近沙滩

……

月亮升起

一匹白马渡江而去

怀抱彩陶的女子

野花拥抱着她

椰林深处

彩色的蝶双展羽翼

正轻吻她民歌的唇

远 方

这疲惫的双脚喘息着

向往一个遥不可及的地方

我以焦灼的神情

深深地叩问你

我深情地抚摸这雕花的窗棂

抚摸那苔藓清幽的湿壁

轻轻地哼一支曲暖暖心情

屋檐下那只秋夜的蟋蟀长吟不绝

深秋的圆月挂在树上

一朵小花缤纷在你的长发上

想想这些我黯然神伤

许多话语涌出来

凝成清泪两行

举手之间

我的十指沐着一种温馨

你腮边的那颗小痘痘

极为熟悉

车　流（外五首）

晁永德

无论是省道还是国道，无论是

高速还是低速。路总是默默地

延伸着。如一条脱离樊篱的长蛇

舞动着乌黑锃亮的躯体

顺着川流不息的湟水河

顺着绵延不绝的祁连山

或盘旋，或直行，或隐身

我闻到春天的气息，渐渐弥漫

那个俊俏的小丫头

提着红红白白的花篮

在我的耳边掠过，她们追赶着

比牛粪还醇、比空气更浓的尾气

脚步是那么飞快而又抑郁

我坐在车上，车行在路上
前面是车，后面是车，两边还是车
无边无际的车相互缠绵着
仿佛前世纠缠不清的情人
没有人来解开他们的恩怨
唯有声声汽笛，诠释着
他们无边无际的不满与愤懑

粉嫩的探春，张着凄迷的嘴巴
张望着来来往往的车
我不知她是否已经厌倦
从路之东到路之西，我已
醒了两次又睡了两次

路边，一群穿戴无序的兄弟
扛着大大小小的仪器，又在计量
这环绕地球几圈的路
还有这环绕地球几圈的车

他们说：车多了，路窄了
还得修路，还得
把一群群奔跑在路边的牛羊
赶到更深更深的山里

秋之弦

若风若影，你从秋天的边缘掠过

带着不可捕捉的灵性与天然

在楼层栉比的都市里穿梭

缓缓地抬头，吹落一地黄叶

雪花还在飘零。我从一条街

走向另一条街。寻找我的琴弦

你漠然地挥挥手，似笑似泣

让每只晚归的鸽子都迷失方向

佛与魔并存的空间。一粒种子

探出欲望的触角，静静地诉说

那些被念叨了千百年的故事

琴声中断，练琴的孩子走向阳台

注视楼下听琴的孩子。眼神

是那么的明净而执着

夜读《南京大屠杀》

或坐，或卧；或立，或行

犹如一只愤怒的幽灵

飘荡在寂静的夜晚

黑色的文字如黑色的墓碑

拔地而起，屹立在我眼前

哭喊声、哀求声、诅咒声

三十多万个灵魂挣扎着

嘶鸣着，刺激我疲倦的神经

我看到刺刀洞穿的寒光
我闻到肉体烧焦的臭味
我以白骨为筏，在血海中
拼命逃避，却总在原地驻留

我抚摸着战刀凝视远方
畅想着化身为魔的快感
一曲大悲咒在耳边骤响
告诉我：众生皆是平等

如同不甘受辱的女人，我
无奈而又痛苦地闭上眼睛
任凭泪水冲刷懦弱与耻辱

我把伤痕翻看了千万遍，我
把历史刻在心底，不求了结
恩怨，只求悲剧不再重演

有些事情没有正确的答案

把你的脚拿开，你已踩着我的脚
我轻声地说着，没有人听到我的声音
一片叶子从一棵树上凋零，留下的叹息
就连大树也难以听到

不知道那个酒后争渡的女人，此时
正在哪个池塘边吟咏。娇颜虽好
终将逝去。力拔山兮气盖世的英雄
免不了化作垓下一抔泥土

若干年后，你还会记得我的承诺吗
我不需要答案，满街的孩子吵闹着
其实这些都不重要。有如烟花
盛开的刹那就是消失的瞬间

有些事情注定没有正确的答案
有些事情注定没有必然的结果
阵阵木鱼，敲碎的岂止是六根
更是敲开了一扇方便之门

你在门内张望着，寻找着丢失的快乐
我在门外徘徊着，翻捡着遗落的良知

角　色

树在风中跳跃着
枯黄的树皮
沿着风的纹路绽放

是风吹暖了春天
还是春天温暖了风

趴在树下的狗
叫了一声，又一声
蹲在树上的鸟
伸伸脖子，冷冷地醒了

一片叶子，从树梢落下
不知该埋怨冬天
还是该赞美春天

车过隧道

心执黑暗时，黑夜已将你吞没
如冷冰的隧道，不留一丝踌躇
飞快地倒退，急速地前进
唯有时间记述走过的旅程

读懂一种寂寞叫作迷失
在吱扭作响的车厢边缘
穿堂而过的风高傲地提醒我
他在切割山的脉搏

我睁大眼睛，神秘地穿梭
倾听岩石流淌的血液
倾听黄土崩裂的心脏
从幼年的记忆中消失

闭眼时，桀骜不驯的列车
喘息着，把一堆梦甩给远方

生活如雪（外七首）

权永龙

听见细碎的脚步声渐行渐远
我就以为
你带走了整个春天
顺便掠走了一个男人的狂野
就此告别

听见细碎的脚步声渐行渐近
我就肯定
你恢复了这个冬天的模样
顺便带回了一个女人的故事
从此相守

哦，生活如雪
见光就化

我想给你寄点什么

我想给你寄点什么
这个时候，雪花最廉价
我能装进去，你却看不见
一片无意间飘进窗口的叶子
怕引起你对一个男人的怨恨

还是寄一些家长里短吧
这样
你一打开
就能看见一个
村庄

长长的思念

时间一扯就长
没有什么能摧毁我对母亲的思念
哪怕岁月掩埋了母亲蹒跚的身影
荒草一茬又一茬地疯长

家与埋葬母亲的地方
还是那段距离
一声母亲
就能感到温暖的距离

时间因思念而短
而思念
因思念而长
长到我可以握住母亲的手
整理母亲凌乱的头发

僵　鱼

我固守一隅
年末的风迎面而来
不及环顾
就赶赴下一个约会

我如一条赤裸的僵鱼
竭力无视过路的眼睛
把嘲讽当作食物吞咽
头枕一个城市的夜晚
失眠在一碗
荧光点点的
水里

这个城市足够大
换一个角落
就能安逸地度过
另一个夜晚

一个人回家

我全力摁住所有血管的入口
防止一个男人的坏心眼
长满触角

黑夜里，我也把一个城市的灯光
熄灭，然后又点燃
我奔跑又奔跑
我看见还有人在
奋力啼哭

一些路口放置了严防盗贼入内的警示牌
我把含在嘴里的口香糖轻轻放入口袋
这算不算盗窃已经无关紧要
一个回家的人早已被四处通缉
今夜如是
以后也如是

深邃的马路
深一脚浅一脚地越发深邃
我想问男人们哭喊的原因
深一脚浅一脚的影子早已近在咫尺
用一个城市的午夜
摁响了门铃

我要告诉你一点隐私

身体里常常风声四起

我尝试着用所有酒吧的名字安慰

也把一个女人离家出走的故事

一遍又一遍地诉说

这需要千年的修炼

才能把一杯烈酒一饮而下

才能把一根手指的接触

当作一生的安慰

我熟悉所有雨水的味道和路径

二月里，我要把头颅尽力抬起

十月里，一杯浓酽的下午茶

一朵筋骨舒展的菊花就成了温情的慰藉

十月，我把身体一再压低

紧贴地面，顺着酒吧的指向

把一根手指轻轻按压

这小心翼翼的虚伪

这一路风尘的菊花

泡着泡着就成了性格

把一个男人

藏进了歇脚的缝隙里

独自说唱

我　想

我想
用土腥味十足的诗歌
趁着夜色涂抹这个城市的每个角落
让空闲地带长出庄稼的模样
长出此消彼长的数片蛙鸣

我想
触摸一次人工湖的胸口
多少次心跳
才能不惊扰一对对俊男美女的热恋
多少度的体温
才能唤醒冰冻的睡莲

我想
在窗外悬挂一个竹篮
打捞一万颗流星
作为给父亲的生日礼物

我想
站在湟水桥头
捧一手月光
给这次出走
一句浪漫的颂词

守　候

天气突然一反常态

躁动的心依旧手握无数个茫然

江南的热　漠北的寒

这相距一万五千公里牵绊

得搭上多少个阴晴圆缺

才能把一个茫然放生

是不是，我选错了降生的时间和地点

是不是，上辈子我欠你一声对不起

才有今世的

牵肠挂肚

冬天只给出了一个理由

擦身而过的人便收紧了余光

我把焦虑一层层叠码整齐

把云雾一帆帆拉起

高举双手

让你黑夜里

就能看见

拥抱的姿势

怀念很痛

李桂兰

怀念的尘埃落在眼睛里

磨出一串串的泪

怀念的利刺扎在心窝里

渗出一滴滴的血

冰凉的泪

殷红的血

点点滴滴汇成了思念的海

淹没了我所有的欲望与渴望

只剩下怀念

怀念很痛

自从那天您走后

我的等待已是一片枉然

我的愧疚注定一生一世

我撕心裂肺的呐喊您再也听不到

我歇斯底里的发泄您再也看不见

曾经触手可及的您的柔情与慈爱

如今却成了流泪的记忆

只有在我单薄的怀抱里

依然还残留着您淡淡的余香

耳边还萦绕着您浅浅的呼吸声

这淡淡的香

这浅浅的声

温暖着我孤单无助的梦

春走了还会来

花谢了还会开

月缺了还会圆

人走了却一去不复返

一寸寸的黄土堆起的坟包成了您的摇篮

有鸟儿为您歌唱

有花儿为您舞蹈

就是没有女儿再为您梳妆

我仿佛看见了外婆俯在您身边

含笑轻抚着您的发丝

我却不能靠近您再抱抱您

我只能把想您的悲痛化作爱的力量

好好爱家人好好爱自己好好生活

母亲

安息

中秋献歌（外一首）

赵玉莲

摇曳千年的歌声
穿越安详的清凉世界
清澈的明月敞开了心扉
闪烁的星星，微微浅笑

秋风还在追逐旋转的经筒
我端着令人沉醉不醒的红酒
在念念之间
轻轻吟唱我的青葱少年

笑颜，一别多年
离愁，滑过指尖
这一夜，我伸手一抓
一束麦子，一枚红叶
我看见妈妈慈祥的脸

如此的鲜艳

海　鸥

染一身湖水的清幽

腾空轻盈

风一般的尾翼

携挂着嘹亮的铃音

引出那天际的一抹淡霞

湛蓝　湛蓝的天空

一如既往地生长

那是力量

是气势磅礴的

高喊

像此时此刻的我

念着心中的一个名字

故乡以及故乡的亲人

疫情过后，你最想做什么（外九首）

兰芝草

一场意外疫情

没人意料它的影响

整个冬天变得格外漫长

可我相信

冬天即将过去，春天终会来到

等春暖花开，想与你一起

遇见美好

轻倚时光的转角

握一缕阳光，染一指花香

与你静坐在清浅的时光里

盛露煮茶，谈笑自若

掬一捧清泉浅笑

看时光不老，看岁月有情

茶香与花的馨香

在新生的春风里跳跃

伴随着微笑

在花开时节绘出一幅绝世图

在遇见美好的那天由衷地说

嗨！你好

感谢时光给我一方晴空

让我带着一颗明媚如初的心

细数人间烟火，笑看阴晴圆缺

等硝烟散去，我们一起去看花

一群带着冠冕的流毒席卷大地

伴之而来的东风挟一缕灰色

踩着阴霾

做着关于春天生机盎然的梦

忆着关于春雨缠绵缱绻的景

掬一捧暖阳

握一握春天的手

携一份懂得

问一问春风可否安好

等阴霾散去，春暖花开

跟你一起去赏花

让柔柔的春风凑出恋歌一曲

让丝丝的馨香漫过心扉

多了一份依恋，多了一份深情

有位诗人说过，只要春天还在
我就不会悲哀
纵使黑夜吞噬了我的一切
心中的太阳还可回来

等硝烟散去，真的很想与你携手
赏一场花事，吟一首花之圆舞曲
拥抱最美的春光
沉醉一帘幽梦
不负自己，不负美景

携一缕光，奔向岁月的尽头

时光的脉络里
背上行囊，倾尽青春
跋山涉水
只为赶赴一场世间烟火

蹚过悲欢，搁浅一番心情
回眸处
时间荒芜着红尘来路
不知凋零在谁的秋窗下，瘦了暖阳

奔腾的河流
追逐着梦与远方

重复几段老旧的故事

挽留不住时光，却厚重了心声的沉淀

清凉的风，失去了色彩

流年花开的陌上

匆匆而过，于岁月静好中

山水遗忘了诺言

天边的眷恋

演绎几场悲欢，便归于流年

绯红的晚霞循着暗淡

渐行中错失了最美的期待

携一缕光，借风捎去

那些遗落在指尖的光阴

以一种等待的姿势

积攒毕生的生机，奔向岁月的尽头

起风了

往日的情怀

被冬日的暖阳轻拨着心弦

不知道，该往哪走

不曾挽留，却在情深里苦苦寻觅

鬓角的那缕银丝

尘埃落定，将美好渲染

几多坎坷峰回路转

任其随风飘远，何处才是归途

风起时

是谁在窃窃私语

多想斟一杯浊酒

于忽隐忽现中轻轻摇曳

远去的记忆

不经意间牵扯起心中的涟漪

执念又曾几何时

随着时光，融入生命里

风起时

原来的模样已不再年轻

懵懂的青春

跌跌撞撞，纷乱了谁的浮生物语

流光易逝的那一刻

问月月不语，问地地无言

风儿啊

为谁呜咽，为谁呢喃

迷 茫

站在空旷的田野

是谁触动了你的心弦

让思绪在迷茫里流淌

怔怔地

直到眼睛有了一丝凉意

带着青春的迷茫和冲动

再多的言语

无法企及自己思绪里的荒芜

再多的表情

见证不了自己内心的苍凉

于是离开繁华，看花开花落

季风吹醒了秋天

那些多余的思绪零落

梦想终归虚幻

曾几何时，在众说纷纭中彷徨

找不到前进的方向

没有坚守抑或听取的胆量

一年又一年的时光

抬高了头顶沧桑的天

一季又一季的雨水

冲刷了脚底混乱的城

你说，世界会从此静止无声吗？

故乡的清晨

一颗晶莹的露珠

依附在草尖
温婉可人的娇姿
摇曳着，恍惚着

吹着口哨的风
拽着清新淡雅的气息
赋予故乡
装进诗与远方的芳菲

南方归来的候鸟
挥动翅膀，迎风翱翔
任凭地域变迁
那份眷恋始终魂梦相依

采一缕诗意，煮雨烹茶
让流年积攒痕迹
烟雾缭绕的山头，弥漫着潮湿
滋润了心田

独倚幽深的境泽
一柄久违的油纸伞
遮住双眸的情怀
留下烟火味，琐碎细微的温柔

晨曦的蓬勃
灵魂世界被装帧得如此绚烂美丽
即便只是隔岸的缱绻

依然萦绕在故乡的清晨

深秋韵味

追逐着秋的尾巴
剪一窗晚秋，静美时光
留一份铅华落尽的素淡与长天共一色

空气里氤氲着落叶，衰草的味道
徘徊在无以言表的凄凉中
是谁带走了仅存的那一抹柔情
帷幕落下，还有谁陪伴与懂得

多想尽力将美好和往事捕捉
紧紧握住，定格
或许，放飞思念的这一刻
痴迷，陶醉

多想在高歌幻境中抵达诗与远方
慢慢欣赏，品味
抑或，彼岸阳光下的相依
纷飞，零落

在花谢缤纷的梦里徜徉
时光却在不经意间走进下个轮回
一切美好瞬间变成了曾经

今夜，我在风中看星星

独坐一隅
月光下，让一份清幽
于深夜静静弥漫
束缚的灵魂在翱翔

风儿轻轻地拂在柔弱的心扉上
静待满天繁星的宠幸
莫让外面的喧嚣，惊扰了内心的宁静
深夜里轻歌浅吟地细数流年

静静地倾诉
或简或繁，或悲或喜
把思念轻轻烘焙
炽热的目光中能看见柔情似水

斟一杯薄酒
畅怀痛饮，能否解开迷雾
滑过脸庞的愁绪
缠绕着梦里的白月光

守着一个温暖的城池
不需任何华丽的辞藻来堆砌
静观天宇，于沉静内敛处
守着心灵的契约，静待花开的季节

一米阳光的距离

清风徐来
玫瑰睁开惺忪的眼睛
看见蝴蝶飞舞的风光
在一米阳光之外静静等候

摇曳着身姿
伸出双手去拥抱
光芒四射，无法挣脱束缚
晨曦的朝露，洗刷着灵魂

心凋谢了
飘落在尘埃里的花瓣
没了生机，没了痛苦
山盟海誓化成一朵佛莲

风干的花瓣
找回前世的记忆
那座围城里
寻寻觅觅，刻画你的模样

那场相遇
惊艳了一米阳光的距离
回眸远去的一路风尘
缱绻在心灵的一处，不度悲喜

将遇见的所有

细细地融入内心的暖流中

化作一瞥芬芳

和着灵动的灵魂，一起走入寂静的时光

立秋，怎可无诗

一阵风扫过

节律的时钟敲响了第三季

惊回首，由夏而秋向来成熟处

笺笺诗韵行走于笔尖

一束光，一片叶

是季节彼此间的一回眸

一阵风，一只鸟

是岁月静好时的一顿足

麦田里的守望者

咀嚼着泥土味，沉甸甸的穗头

在季节的召唤下一步步走来

用心盈实着那一方土地

立秋了，风执着着执着

捎来最佳口信，呈上最美篇章

让金黄在岁月长河里圆梦

只因，关于秋的诗已饱满

初雪随想

许瑞雪

想用心中无数美好的词汇形容她的美

一时间变成了只能静静看着她的哑巴

当我放了首安静的民谣

目光刚好面对着窗外

看她随着音乐翩翩起舞

我好像穿越到了春天

看到随风起舞的花瓣

初雪是个娇羞的小姑娘

她感受到了我炙热的目光

当我静静地注视着她

浮躁的心灵变得格外安静

我还在想要用什么词汇形容她

她却偷偷地洗涤尘埃

悄无声息地抚平我的创伤

她沉淀着什么秘密

孕育着什么希望

被她打湿的枯叶中

会活过来一个沉睡的春天

一切都偷偷地储存着希望

照片再美不如你眼里的风景

风景再美美不过雪中的你

东溪春色

东方：怀念及其他（节选）

李明华

是什么忧伤值得我们一生期盼，
一遍又一遍将春天留在心上。

——题记

一

那个冬季无比漫长，
听不见大地解冻的声响。

四周一片漆黑，
听不见鸟儿的歌唱。

东方，徐徐开启的地平线上，
太阳还没有冲破黎明的忧伤。

夸父追日的云靴遗失在寂静的山岗，

女娲在银河之边缘于月亮的背影里彷徨。

是谁穿越季节与岩石继往开来，

又是谁安眠于遥远的母性之光？

是谁主宰四季更替风雨秋霜，

又是谁赴汤蹈火划破天空的迷茫？

亚洲龙腾飞的鳞片锒锒作响，

凤凰涅槃的羽翼扇动着翅膀。

父亲们起个大早在东方巡视，

一条红船飘摇在南湖的中央；

火焰的锋刃带着飓风，

在岁月的河道里燃烧得正旺。

母亲们濯洗打柴担水的脸庞哗哗作响，

父亲们打造镰刀和铁锤的声音叮当叮当。

寻寻觅觅走过寒来暑往，

梦想的长度用脚步丈量；

这些于苦难中诞生的伟男子，

骑着阳光的大马驰骋在东方；

开天辟地的长剑初露锋芒，
披荆斩棘在高地与太阳之上。

此刻，振臂扬鞭的骑者，
纵马驰向跨越时空的山岗。

母亲们手持寒光闪闪的镰刀，
赤足行走在蜿蜒幽深的村巷；

父亲们高举砸烂旧世界的铁锤，
袒胸露背在烈火里锻打辉煌。

锻打旷世之辉煌，
锻打无产者的理想。

一种声音划破世界的东方，
冲破黎明的天空飞溅光芒。

沉静的枝头悬挂沉静的果实，
等待第一百个春天欣然造访。

比春天先期到达的是父亲和母亲们，
他们最早接纳开启黎明的第一束曙光。

第一次捧起中译本的《共产党宣言》，
父亲和母亲们蹚过黎明蹚过霞光；

他们悄悄朝一面红旗下靠拢，
把《英特纳雄耐尔》齐声歌唱：

旧世界打个落花流水，
奴隶们起来，起来；

不要说我们一无所有，
我们要做天下的主人！

沸腾的热血染红了红旗的封面，
诞生于一百年前的旗帜黎明中飘荡；

让九百六十万平方公里土地
绝望中燃烧光明和希望。

一盏明灯桅杆上挂起，
远航的行囊背在肩上。

风在漫长的冬夜穿过胸膛，
被山间残月洗得一片苍茫；

孤鹰在长空留下滴血的哀鸣，
不倒的红旗还在山梁忘我飘扬。

城市暴动屡遭挫折，
一次次起义受到重创；

井冈山的月光有些清凉，
年轻的毛泽东苦思冥想；

中国革命的出路究竟在哪里？
黎明的曙光何时照亮地球的东方？

鸡鸣撕破晨曦，他写下一行大字：
农村包围城市，武装夺取政权！

长路漫漫，长路茫茫，
劳苦大众，有了有板有眼的思想。

革命一旦有了理论的先导，
就像鸟儿长上了飞翔的翅膀。

……

六

谁是大地英勇的骑手，
谁又为生命永恒歌唱？

在远离故园的地方，
我茫然过却不惆怅。

走在旧貌变新颜的城市和村庄，
我常常掂量自己是半斤还是八两；

也许我为一点小成就沾沾自喜，
也许我为一个荣誉苦恼和失望；

但与牺牲生命相比，
是多么的不可思量。

没有祖国的昌盛和强大，
我们只是任人宰割的羔羊。

我也曾在一面旗帜下高举过誓言，
我更愿意把自己放在石头上磨得铮亮。

这块红色的黄色的黑色的土地上，
真理的产生来自彻夜难眠的思考
来自一个东方大国的信仰与担当；

"雄赳赳气昂昂，跨过鸭绿江"，
成群结队的脚步行走在向前的路上；

坚韧不拔的夸父们日夜兼程，
追赶着星辰消失在保家卫国的战场。

在帝国主义虎视眈眈的挑衅中，
那个伟大的父亲巍然屹立在东方；

他向爱好和平的人们宣告：
一切帝国主义都是纸老虎。

在放飞鸽子放飞梦想的土地上，
用"两弹一星"撑起民族的富强。

五十六个民族五十六朵花，
一同规划和建设日新月异的城乡。

我仰望繁星灿烂的天空，
依稀望见飞天裙裾神采飞扬；

人间和天街不再是无期的遥望，
牛郎与织女在年头节暇来来往往

吴刚和嫦娥在桂花树下静静品酒，
天庭的街市里车水马龙人来人往。

在四季更替的阳光里
带足布满母亲指纹的干粮；

几度迷茫和彷徨中
找到了民族前进的方向和复兴的秘方。

我听见昆仑山的冰雪融水
在岩石深处的纵情歌唱；

新生的种子和芬芳的果实，
爬满了热情饱满的诗行；

动情的云雀与日月同辉与众神同乐，
江河奔腾不息，天籁地鸣余音绕梁；

正如婴儿从母亲的子宫里诞生，
天宇里响满自信和生长的力量。

腐朽和死亡
只能在等待中又一次呻吟和死亡；

所有的尊重来自人民大众的拥戴，
要想不朽最好不要把名字刻在石头上。

要想人民记住你的名字你的恩泽，
就得把人民的冷暖紧紧放在心上。

勤劳和勇敢
把最普通的生活酿造成美酒琼浆。

我心中昌盛了百年之久的欲望，
在严霜寒雪中像青松与腊梅傲然生长；

为了那个伟人留下的嘱咐，
再度走向生命的远方。

哪怕把思乡的星空
仰望到最后一颗星星残留在山岗。

哪怕是一块被遗忘在旷野的朽木，
也要在茫茫暗夜发出微弱的磷光。

拥有梦想和希望的人
就拥有灿若星河的夜空和希望；

即使长夜难眠宇宙茫茫，
也不会生发一点孤独和彷徨。

我在大地深处
幸遇了泥土受孕的营养和哪吒闹海的力量；

哪怕秋尽冬深、万籁俱寂，
哪怕空气里只剩下最后一束悼念的阳光；

我也要背着全部的行囊，
朝着红太阳升起的地方高傲地飞翔。

秋天的落叶有多么厚实和铺张，
春天的雨露和阳光就有多么丰沛与绵长。

在百年追梦的路上，哪怕倒下去，
也要壮烈地倒在母亲的怀抱和父亲的身旁。

……

十一

每一颗星星都有自己的光明，
每一棵小草都有自己的力量。

哪怕前行的路布满刀山火海，
也不能有一丝的气馁与彷徨；

每一个村庄和每一株草木
都是梦起飞的地方。

心心相印是梦
苦苦等待是梦
水到渠成是梦
只要前赴后继，就会有流血与牺牲，
沉甸甸的勋章总是挂在劳动者身上。

因为有了梦，
我曾经的青油灯姐妹们
走出大山的羁绊走上讲堂；

当上了工长、矿长、董事长，
有了让世界充满敬意的目光。

因为有了梦，
我的焦巴洋芋兄弟们

走下山岗走出千年如一的村庄；

越海跨洋，
变成制造商和大国工匠；

荣获共和国勋章
走进庄严的人民大会堂。

无须高车驷马的摆阔和显贵，
无须衣锦还乡的荣耀和张狂。

不要在岁月的垛口张望，
不要在画满鲜花的大地上彷徨。

这一切源自烈士对生命的慷慨，
源自镰刀铁锤植根中国大地的信仰。

模糊是记忆衰退的前兆，
遗忘是一个民族失败的硬伤。

那些被岁月磨洗后仍发亮的名字，
那些刀刻在公园里的一座座雕像；

必然与奉献和牺牲有关，
也必然至高无上。

是鲜花就要做一次艳丽的绽放，

平原和高山，雪山和沼泽，南方和北方；

贫瘠和肥沃，哪怕春尽秋深，长夜漫漫，
也要开放出生命的坚挺与芬芳。

这是金色的十月，
一团团希望的火焰燃烧着人们的心房；

四面八方的门窗徐徐打开，
一盏盏通红的心灯如期点亮；

不管是启明星还是月亮，
都向着儿女们回家的方向。

一百年了，红色的火种燃烧得正旺，
奔跑的脚步又一次起航；

无边的田亩上，
饱满的庄稼以骨头的品质生长。

来吧，穿上庆典的衣装，
不要犹豫和彷徨；

三弦和口弦，
舞蹈和歌唱，
安召和锅庄，
哪一样不是生命的祝福和绝唱。

来吧，高举父亲的旗帜，
带足母亲的盘缠和干粮；

骑着高贵的白马，
再一次拥抱涅槃的凤凰。

金秋，我在高铁上眺望河湟

张　翔

习惯了

携怀旧和畅想一起上路

高铁，是我时常乘借的那匹骏马

秋天，我要跨上名字叫"复兴号"

编号为"D2719"的冷色调骏马

从八百里秦川跨越渭水

再翻越心潮般起伏的黄土高坡

拥抱黄河亲近河湟

进入一离开不久

就会梦牵魂绕的天堂

穿越时光隧道

一件件饰纹精美的彩陶

就这样深埋在马场垣的台地上

我看见先民们躬耕的背影

在阳光的抚慰中

散发出河流一样的古铜色光芒

那是时光原本的样子

那是文明发育的蠕动

收获谷子，抟土造物

沤麻织布，获取猎物

农耕的河湟

就这样以器物的形式

封存在记忆的深处

也高挂在结满桃李的树上

金色的马场垣一晃而过

果园里累累的果子又大又红

田埂上金色的玉米棒子齐整成行

一排排温棚如书籍般码放

虽然看不见里面果蔬茁壮

也能够猜得出成串成串的线椒

被"花儿与少年"火辣辣的旋律

紧紧拥抱

呵呵，我在手机上立马网购

第二天，带着露珠连着绿叶

散发着醇香的水灵灵的隆治乡特产

和一声"这阵子好着撒"的问候

就会准时到达

我也会在微醺的晨曦里

和城市光鲜的建筑

——比对

看谁的表情更生动鲜亮

听谁的嘱托更语重心长

远处，雪岭逶迤

近处，丹霞参差

一声汽笛穿越隧道

我的思绪就落在了河湟山峦

落在了高悬在崖畔上的马家洼

这是一个荒芜的山村

出产方言、梯田、叹息和无奈

山民们年复一年圪蹴山窝

就连打量山下城市的目光

也显得浑浊而怅惘

那是过去的日子

在山坳里定格了七八百年

北山跑马，南山射箭

箭镞嗖嗖穿越靶心

却穿越不了岁月的艰辛

马蹄踏踏扬起泥尘

却从来没有跑出贫困的掌心

如今

马家洼和其他相依为命的村庄

易地搬迁到了一个叫七里店的地方

楼前车水马龙

屋后高铁飞驰

城里人的饮食起居

乡亲们已经驾轻就熟

一把三弦一把二胡几把板胡

还有陶埙芦笙铙钹

不约而同在村里的广场上列队

他们定小康为基调

用感恩做和声

一时间

道情委婉，贤孝抒情

那些第一书记的往事

在平弦戏的情节里

如泣如诉，寸断肝肠

我的联点帮扶的中岭乡啊

我的勤劳拙朴的马家洼人啊

请枕着湟水的波涛

做一个香甜的梦吧

翌日醒来

中岭坡上，土豆花开

雨润川里，高楼拔节

"复兴号"又过一站

我也习惯性地往北张望

然而，曹家堡

那个曾经掩映在柳烟雨雾里的村庄

已经乘风轻飏

找不到它生根的土壤

而大思想家斯宾塞·约翰逊的名言

却在耳边回荡

"唯一不变的是变化本身！"

呵呵，大师之言

好像是馈赠给曹家堡恰如其分的奖赏

曹家堡，这个兰青铁路设站的地方

这个西宁机场选址驻足的村庄

这个成就了"铁（路）公（路）机（场）"

并驾齐驱的村庄

如今，却安详地

深藏在河湟新区

规划一新的棋盘式格局之上

曹家堡，如果我要找到回家的路

只能借助百度导航

走过唐蕃大道，就是中关村路

再转过驿州路

就看见了高铁学校、荆楚中学

耕读传家，书声琅琅

敢闯天下，志在四方

而纵横的大街两旁

行道树绿化带优美流畅

那些乡土的青杨河柳已经消失

油松、国槐，榆叶梅，紫丁香

山楂，白榆，山杏，海棠

好多好多的北方树种

仿佛从天而降

成就了成行成片绿色科普的现场

曹家堡，还得借助你摇摇晃晃的乡愁

在农民画营造出的庭院里

我要种上牡丹，月季，蔷薇，刺玫

也要把蒲公英，马齿苋，苦紫菀

还有蔓菁，甜菜，大黄

这些童年的伙伴请回家

春也含情，秋也盎然

絮絮叨叨，形影相随

也让舒婷大姐的诗句

在西北的沃土里徜徉

——仿佛永远分离，却又终身相依

爱你坚持的位置，足下的土地

金秋，我在高铁上眺望河湟

我要记住被古老文明浸染过的

那些富有情感的岁月

我要记住庠序书院，记住鲁班亭

记住湟流春涨，记住平安驿

记住秧歌社火，记住皮影戏

记住麦香月饼，记住酩馏酒

记住民歌芬芳，安召奔放

记住母亲唤儿的目光

被一盏盏橘红的路灯点亮

呵呵，河湟河湟
只要时光引我前行
就会准时抵达
朝思暮想的远方

瞿昙寺

甘建华

南山以南，南向偏东的轴线
透过五六百年前的
飞檐翘角，可见
罗汉山，凤凰山，照碑山
更远处的雪山，霭霭云深处
缄默如佛，近处河流
从砾石滩中，时隐，或时显
黄土高原西端，不同于
青唐古城，或环青海湖寺庙
高原以外难觅大丽花
恁般茁壮，美艳，繁富多彩
大片洋芋花，淡紫色
或洁白粉嫩，朵朵喇叭状
向天歌河州令，或尕马尔令
蝴蝶乱飞，蜜蜂针蜇花蕊

泥土似有异味，或青稞酒香
阳光一晃，再一晃
身着绛红袍的小喇嘛
咧开满嘴的贝齿，双手一摊
——沙果子
这是乐都的名片

爱的呼唤（组诗）

李永新

柳丝染绿了我的一首爱情诗

昨夜惊蛰的雪夜里
你融化了积攒在心中许久的愁烦
憧憬着久违的春燕衔草筑巢的日子

我多想在春分中和你在一起
让天空静静飘落的雪花悄悄淋在我们身上
牵着你的手一起去看春花绽放的花园

清明的雷鸣声在云层的耳畔响起
等待着霏霏细雨里归来的鸿雁
归程还有多少里程和时间

谷雨绝不会是你的刹那芳华

湟水边柳丝轻拂时我从南宁回来了

你的等待将染绿我的一首爱情诗

描摹一只蝴蝶衔接岁月的翅膀

一片属于天空的碎片

撒落在一个淡绿的夜晚

我所能看见的丝毫微笑

只剩下

没有痛苦的爱情

你的眼睛是浪烟的颜色

只留下掉不过头去的墙头

让一个坚守的默许

长满淡淡的苔藓

留下遥远的风景

让一阵辽阔的春天的激动

和秋天的风衣与粉色的回忆

还有那些燃烧的篝火

跃动的心

涂去一切记忆的碎片

画一架比蒿花顶更高更大的山岭

画下乐都儿女的渴望

我还想画下希望

在没有得到一个彩色的时刻

我用我的手指

铺一张比大古城还要大的粉红色宣纸
用心爱的墨笔
描摹一只蝴蝶衔接岁月的翅膀
让你从今天的湟水河边长高长大

为爱人写下九千九百九十九首诗

我和你久违了二十天
你磁性的音讯搁在了平安驿
我曾为你写过几首激情澎湃的诗
你曾是我赋诗灵感的激活源泉
在我久经春波荡漾的心底
时常会想起我和你入夏时喝过的那场酒
仍不停地激荡着我们的初恋

我的诚挚的心
实在是过早地跳跃了许多
因为只因为
它过早地遇到了一些南宁的梅雨
并从多次的云蒸度雨中逃脱出来
于是
我强忍着夜晚的寂静和空虚
抒发距离三千公里的叨念

如今
我们在这方悉数耕耘的热土
拓宽属于我们两个人的心田

你的思想和睿智

以前是那样灵犀

以后也将永远活跃在激情燃烧之中

我所承载的繁重的工作

就是用我的痴情和万念不悔

为你写下九千九百九十九首诗

把我所有的内心世界全部献给你

悉听两颗透明的心相撞的声音

从 1991 年 6 月的黄昏开始

我时常感觉到你爱的声音

从心底涌出犹如咆哮的湟水河

在你爱的日子里

我沿着你爱的湟水源寻觅带着歌的音响

在你爱的日子里

即便有阴晴雨雪总是异常的欢欣鼓舞

在你爱的日子里

阳光虽强雪花虽飘也没有酷热和寒冷

在你爱的日子里

玫瑰红的红玫瑰红得温馨

在你爱的日子里

叽叽喳喳的麻雀在碾伯八卦楼筑一个巢
悉听两颗透明的心相撞的声音

爱人是我心底那抹最艳的朱砂

佛门空空
凡人难以窥视
红尘似海
苍生难以普度

佛门无门
你我其中
我寻着梦中的印记
将你深度刻画
你是我心底那抹最艳丽的朱砂

我站在白马寺佛塔的峰顶
感受着 1991 年 9 月灵魂的悸动
感动你在清静的守望中走来
皓洁的月亮写下一首整齐的长诗

彩陶流成的河幸福地挺立在阳光下

2016 年的清风
勾忆我无尽的思念
哪怕你远在天涯
思念只属于我自己

不会带到黎明

你只能在夜色中精彩

清晨的曦光中

我站在你的身边

哪怕背着你的双眼

不想让你看见

我也不会奢望

我只能隐藏在阳光的背后

多少个昼思夜想

我已记不清你的脸颊

却无限地看见你的眉头紧锁

就在我来到柳湾的时候

你灿烂地绽放

思念的煎熬

等不到黎明

于是我选择进入梦乡

再一次遇见你渴望的眼神

躲开我的心慌

爱你的情愫

只属于我的心田

只要你幸福地挺立在阳光下

我的深深思念

再次洒满彩陶流成的河

用诗歌享受南丝绸之路最柔情的爱

又一次泪眼相视
那些美好的岁月
月上柳梢头
人约黄昏后

又一次说再见
月亮有圆也有缺
我已矗立在静穆的月光里
从诗中借来一把雪做的伞
撑起内心那一片如虹的色彩

如果相思从白马寺前妙曼飞翔
我用诗歌享受南丝绸之路最柔情的爱
如果心田中的爱人共享天命的馨香
我用平安驿站的平淡安详恭迎
尽管岁月的光环很快会被暗淡
但我的青丝依旧绾着你的青丝

在温馨而浪漫的时光中慢慢老去

2017年南宁匆匆的脚步
一转身就把昨天变成了回忆
这一年彩陶故里湟水涟漪的晚霞
我在向南的方向行走

那些邂逅的风和雨

都开始在凤凰岭以北的梦里复苏

天鹅湖的水又涨又落

清瘦了青海草原渐渐泛黄的记忆

而邕江河畔遥想你的文字里

还清晰地烙印着你的倩姿

我在三月三的民族广场里等你

向吴圩的风打听着你的消息

从于成龙走进罗城时吹来的微风中

剪辑着有关你楚楚动人的故事

我捡起春天云飞雾绕的美丽

将四季心语为你编辑成一首诗

把我爱你写在自己的手掌心

用刘三姐等待的虔诚

在字里行间踩下我们爱的脚步

让我们栖息在同一首诗里

在距离万象广场不远的季节里

想你是一件十分动情而惬意的事

给我一段邕江一样刚毅的自信吧

让我在原始而静谧的美泉瀑布前拥抱你

当南湖方圆的隽美远去

当所有的故事都成为时光老人的传说

最后镌刻在我手心里你的芳名和笑靥

会永不厌倦地陪着我

在温馨而浪漫的荏苒中慢慢老去

威远夜话五章

王宝业

一

　　草原放大了夜色，星斗的眼睛嵌满了那忧伤的湖面，深邃的苍穹，将可怜吟唱成一幅诗画，孤独的风在卷起的衣襟上弹奏着遥远的相思。仓央嘉措的匍匐，写完了流淌心弦的情话，在篝火的跳跃中，我看到了牛郎的执着，以及织女的无助。冥冥中，时光撕碎了等候的光影，七夕，我在葡萄架下侧耳倾听那一辈子也无法听完的情思夜话。

二

　　人生，相遇是一种缘分，我分享过你曼妙的诗句，也自叹虚度年华，心中无法超度失去的岁月。我伫立在威远大街，站在情感的斑马线上左顾右盼；我在鼓楼色彩斑斓的夜景里，思恋久远的青稞记忆。那时刚刚长成的我，对青稞酒有一种特别的向往。如今，我置身于这酒镇、这酒香，在微微的醉意中，享受了幸福的时光，这是难得的缘分，此刻，对事物的一种感知，穿透了整个夜晚。

在格桑花盛开的季节，你总会把山的祥云捆扎成藏族卓玛的喜悦，留给一年四季无法诠释的向往。多才的卓玛，映衬了大通河清澈的涟漪；盛情的师妹，让我在书写远方的诗意中，感受了你的高远与婀娜。

今晚在威远酒镇，夏日的约定和向往虽然远去，但在变冷的季节里，我还是期待一缕融化生命的光芒。夜晚太深，我知道网络的那头，你也无眠。感情的纷繁给想要蓬勃的生命留一张底盘，而我，却在流水的催促中吟唱，师范老师教给我的简单，我在忐忑中无法瞄准你的方向，只能在期盼的风中送去一缕无法熄灭的星光。

三

孤独的夜，我在看星星，苍穹容不下一颗为黎明奔跑的星辰。我在疯长，把一些骄傲收藏在烂掉的记忆里，我知道：那些有颜色的日子，在跌宕中，已经兑换成了无语的相思。努力很多，却在尘世的彷徨中，一次次败伤。杂乱让远足在镣铐的捆束中，停滞不前。我的自私，也许不能，弹奏不出飞奔。凌晨，那些让你无法打理的坚毅，让我在僵尸里，寻觅一些有关爱情的故事。

四

今夜无眠，回忆打捞沉言，你不经意，而我却驻守了一个冬天。清澈，被两洌湖水着染，情愫在时间的等待中，为你伫立成一种风景。

我知道，窈窕才高众人向往，我想把你拉回到我的身边，而你却在旅途中踏上了我无法挤上的班列。我想，在休闲的麻吉，在南门峡水光一色的大美天地，让磨尔沟的水给我们刻一盘无法湮没的光盘。

五

从拉钩上吊的那一刻起，我已经把灵魂安放在，也许你不经意的夜晚。他们在唱，他们在乐，而我轻轻地将身躯挪在离你不远的地方，就这样深情凝望。夜晚很长，而生命却很短，怎么也拽不出太多属于我们的时光。嘈杂中修炼，让情结融化纷乱，找寻一片为你倾诉的空间，无奈，只在别人的认可中变成无法回填的现实。

雪顾不了时间的长短，在下，郁闷在寒冷中冻结，夜在几束斑驳的光里狰狞，随着几片绿叶的褪去，嶙峋的枝干于风中摇摆，向天空诉说着又一个冬天的到来。寂寞，敲打着并不堵风的窗户，有些暖意的住舍，也经不住凉意撕咬，给单薄的身子不由得裹紧了毯子。

三年了，蹒跚踩碎了韶华，思虑总在匆忙中穿梭，负担串起了头上的白发，压力堆积成脚步的迟钝，心境从一个烦恼走向另一个烦恼……而我依然在风中、在雨中，在夜里找寻挺立的地方。

秃发者驻留乐都（外二首）

邢永贵

你从仓家峡南来

在初秋入住益康宾馆

就为借湟水涛声抚慰异乡浅梦

你相信那被石块拍碎的水流是老相识

你承认这有些矫情

可是矫情一些又有何妨，岁月匆忙

人总得以无用之事拓宽有用之命

后半夜月色下还可见到浊水东流

母亲河，浑了

但宽阔，蕴含愤怒的力量

这是养育过历史的大河

一千六百多年前，它一定是清澈的，青春怒放

奔腾在祁连山之南，拉脊山以北

牛皮鞭圈养一片丰美牧场

依山凭河，风雨飘摇中树起一个王朝

历史的夹缝，被南凉用足

向生亦是作死，十八年的战略期何其短暂

三代王者尚不知道，在湟水上下轮番击响鼙鼓

却无法改变历史的走向，长成之日即是夭亡之时

从兴到亡都游走在危险的青春期

在乱世经纬出这片盆地，涛声如襁褓一样温软

频繁转场的政权，选在乐都黯然谢幕

留下的或许只有这条河

那时彩陶还在地质层下酣眠

那时翻越仓家峡以北的密林和天堑

奔袭甘肃天祝直至河西

只能靠飞翔，那时的地图只称姑臧

还不叫武威

山是层层关隘，人是秃发氏的兵卒百姓

山人环拱的是王气喷涌的皇皇朝堂

你入住人民医院西侧的旅馆

医院门口号啕的女人

孤灯下的悲声被众人扶起

天空崩塌在即将到来的秋收时节

有多少时间可供她黏合彩陶碎片一样

修补好世界

十八年够么，用一个王朝兴废的时光

这条看惯春秋的河

给不了答案

你住在湟水之北

你看不见古人

也看不见来者

你无险可守的发际线

给你以冥冥中的暗示：

作为一名秃发者

你可以忍住秋意渐临的伤感

暂且进驻称都已逾千年的小城

仓家峡"战疫"记

年酒没心喝，春晚无绪看

生活游走在谣言和惶恐拼成的铁轨上，把白日过成长夜

在北纬 36 度获取一连十天的极夜，时光沉重如铁

直到——

正月初十，逃离一样奔向大山

高速出口隔着口罩递身份证，要强调"仓家峡第一书记"

测额温。放行。镇政府桥头封闭，放行，但依然要下车

登记

一路不会有社火喧腾，新置的服饰行头一面世就已是隔

年旧物

"战疫"的蓝色帐篷隐于 3000 米海拔

农用车。小轿车。一道警戒线。两只橘红色锥形桶。灌

满消毒液的黄色喷壶。

七八条汉子。用了几天的口罩。散不去的隔夜煤烟味

方便面。方便面。方便面。

这是全村唯一活着的公共场所，运转不息的行政中心

埋伏在隧道出口一公里处的背风山坳

"汝从何处而来，还自当返回何处"

除了山溪和空气，没有什么是必须流通的

从初三之日开始，他们的脸一直黑着

用藏式普通话劝返操普通话者，用轿车堵回轿车

从加定镇方向来的道路工程车拿不出通行证

司机要给领导打电话，借问信号何处有

牧人遥指山坡上

本村一位要去甘肃天祝的村民，下车凑近人群

半个小时后信心尽失，车轮走向访亲的反向

在外来人口排查表上署上自己名字

在寒夜里怀抱炭火，我的健康烟熏火燎

每天打印的"温馨提示"，贴在外来者大门

这是必须下发的唯一公文

整整一月如此充实，我扰攘的世界得到医治

元宵之月多圆啊，山谷盛不下她慈祥的光

我带去的要守夜者每晚御寒提神的散装白酒

被他们化零为整，一夜喝光

最终未能细水长流

我假意严肃批评，心底里

却深深地祝福了他们

仓家峡雪夜逢鹿

雪花之舞起于岁末，画意将铺满

所剩无多的 2018 年

深夜留出一条洁白通道，给夜归者

真相大白，这是世界原初模样

百里长峡飘下盛大诗章

强赋新词，我只能占用两行好语言

眼前有景道不得，雪上空留马行处

携酒来看望我的友人已驱车回了县城

峡谷里不会有马，只有马的意象残存于世

此时此地，我不是唯一的漫游人

但在几分钟之后，我才会知道这一点

一场命定的相遇上演

在两山围拢的峡口

他自北而来，高擎枝状冠冕

壮志在胸，巡游疆土

酒意升华，我视他为多年失联的故友

想盘坐在路旁覆雪的草地，秉着雪光你一盏

我一杯

直到春风柳上归

森林的精灵，对我显然并不引为同类

他凝视，停步，转身

不惜用花冠去叩拜公路边的铁网

决绝如世仇，迅疾如北风

作为闯入者，我能做的只能是抱歉地目送他

并快速从他的世界

消失

彩陶·生命与诗歌（外六首）

许正大

密密麻麻的彩陶

让一个名叫柳湾的村庄

光芒四射，惊艳全世界的目光

湟水流淌到这里拐了一个弯

母系氏族公社就在这里诞生

于是生命的星火就在这里燃烧

湟水流淌着时光

流淌着智慧，流淌着文明的元素

流进黄河，流向大海

当新世纪的曙光点亮高原

高速公路上的车辆川流不息

子弹头列车像箭一样穿梭而过

来吧朋友，来柳湾吧

到了四月，洁白的梨花开了

人民的眼里写满幸福的诗歌

乐都街景

我看见步履蹒跚的阿爷

服饰崭新

我看见头发银灰的阿奶

面色红润

乐都的街道上秩序井然

人们按着红绿灯穿过马路

中心十字车辆慢慢行驶

出租车司机从车窗里给你一抹微笑

你一下感到乐都真好

花季少女在青年书店拿起一本《读者》

她的另一只手里拿着 OPPO 手机

耳朵里塞着蓝牙耳机

她平静的面容下隐藏着暑期的律动

饮食城街口那儿

人们悠闲地吃着香喷喷的酸奶

品味着地地道道的甜醅

脸上浮现当下的幸福

塔尔寺的雪

把塔尔寺的雪
下在你的诗里

把你的诗献给大地
把你的爱献给众生

寺如画，塔如灯
转经筒上埋下虔诚

把哈达献给大金瓦殿
把赤诚献给老菩提树

长头献给内心
目光献给鸟雀

念珠献给红衣阿卡
微笑献给美人卓玛

瞿昙寺的静寂

有一种浸透你心扉的静寂
在瞿昙寺的院落里

那古老的菩提、柏枝守在那儿

一守就是六百年

嶙峋的手指触摸着冬日

触摸着你渺小的心灵

脚下的小草枯萎了

为什么还未褪去春天的颜色

远方的清风慕名而来

轻摇那飞檐的风铃

偶有鸟雀飞过

却未抛下一两声鸟语

手扶红砂石的栏杆遥望

参差的青瓦上落满蔚蓝

坐在寂寥的台阶上思索

差点忘了墙外还有红尘

南山谣

九月如梦

一只大鸟展翅飞来

当我回眸

远处的南山云雾缭绕

那座叫黑坡顶的山麓下

我童年的小村庄
鸡鸣狗吠，柴门半开

丰收后的田野如母亲的胸怀
羊儿静静地咀嚼秋的滋味
野鸽和红嘴鸭摇头晃脑
寻觅着撒落在地里的麦粒

房前屋后和田间地头
八瓣梅和金盏菊正幸福地开放
仿佛一种象征写满我的祝福

我多想变成一个小男孩
赤脚跑过雨后的田野

节气·小雪

节气里走来的女子
村子里好听的名字

太阳挽着你白皙的小手
脖颈上系着洁白的围脖

昨天有人轻声喊着你美好的名字
今天你靠在农事的肩头吃吃微笑

故乡的黑坡顶上浮现你隐隐约约的倩影

母亲渴盼的眼中飘着你纷纷扬扬的花朵

你在远方洋洋洒洒地飘落

大雪还在时间的枝头徘徊

夜深人静时谁将你请进温馨小屋

等到春暖花开时你会躲藏在哪里

瞿昙寺风铃叮当

天空中飘着雪花

这些飞翔的天使

大地才是她们最初的家园

阵阵寒风摇响

瞿昙寺风铃叮当

如亲人的问候

温暖无比

我看见时间在风铃上摇摆

思绪被风铃凝聚

瞿昙寺风铃叮当

春天送我出门

冬天迎我回家

故乡与远方（外九首）

李天华

走向远方时

紧贴着列车的窗口

我瞪大了双眼

急切地找寻每一处的不一样

打开期待的嗅觉

嗅闻着远方的新鲜空气

回归家乡时

斜躺在列车的床铺

我闭上了眼帘

安静地重温每一处的老样子

开启记忆的大门

抚摸着家乡的熟悉模样

诗意和远方

是心灵找寻的神秘梦境

乡愁和家园

是心灵安卧的温馨乐园

梦虽在远方

但爱却留驻在故乡

人虽在他乡

但情仍牵挂在故园

不论走多远

梦想的风筝线总是在家人的手中

千年湟水河

你是秦汉破羌的天堑

你是魏晋南凉的血脉

你是隋唐鄯州的魂魄

你是明清碾伯的主轴

你是新时代海东的主旋律

湟水河

你以母亲的温情

梳洗着乐都的自然容颜

咏叹着乐都的人文脉动

见证着乐都的历史沧桑

你的肤色里

妖娆着柳湾的褐黄和南山的莹白

还有裙子山的嫣红，仓家峡的青翠

你澎湃的心跳中

和鸣着彩陶的韵律，瞿坛寺的晨钟

还有武当山的暮鼓和八卦楼的铃声

宽宽窄窄的万年河床

容纳着你潮起潮落的万般风情

清清浊浊的千里河流

变换着你春花秋月的千姿百态

你开启了屯田青海的破羌图册

你演绎了驰骋河湟的南凉风云

你孕育了桑麻翳野的鄯州富庶

你滋养了教化百姓的碾伯文教

你尊享了高楼林立的海东繁华

在千年岁月里

你横贯乐都的身姿更显妖娆

翠绿的杨柳妩媚了你的容颜

飞翔的野鸭诗意了你的眼眸

坚固的河堤丰润了你的身段

舒适的栈道便利了你的行走

你更温顺地走进人民的生活

也更幸福地滋润人们的心田

湟水河

你用母亲的胸怀

携带包呼图山的圣雪

拥揽松花顶与花抱山的云雨

滋润宽阔舒缓的乐都腹地

告别鲁班亭的深情注目

奔向太阳升起的远方

奔向浩荡奋进的新天地

柳湾彩陶

是达坂山肥沃的土壤

塑造了彩陶浑圆厚实的身躯

是湟水河丰沛的水流

圆润了彩陶朴实多彩的面容

流淌成河的彩陶

记载了柳湾先民的富足生活

灿烂如花的彩陶

开启了人文乐都的文明道路

1074 年春天的那把锄头

揭开了彩陶王国的神秘面纱

一个柳树成荫的小村落

竟埋藏了三万多件精致的彩陶

如河流一样丰沛的彩陶

流出了柳湾先民殷实生活的时尚

一件件多彩的陶罐

是原始部族质朴的生活记忆

一条条灵动的波纹

是柳湾先民生动的审美追求
一个个形象的符号
是羌族部落便捷的文字交流

滚圆的彩陶瓮贮满了金黄的粟米
裸体的人像壶珍藏着两性的原始密码
袖珍的彩陶靴承载着人类行走的梦想
不同形体的陶器珍藏着不同的生活故事

历经窑火的激情燃烧
白色的泥土与褐黄湟水
定格为柳湾彩陶的永恒艺术
缘于鱼蛙图腾的虔诚崇拜
灵动的鱼跃与轻捷的蛙跳
成为羌族先民精致的生活时尚

在缺少青铜与金玉的时代
多彩的陶器犹如金玉一样
滋润了羌族部落的日常生活
也圆满了柳湾先民未来的天国世界

青海湖的蔚蓝春色

历经一冬的冰雪洗礼
四月的青海湖
开启了碧波荡漾的蔚蓝时光

纯净的蔚蓝

像圣女刚刚睁开的深邃眼眸

在枯荒的草原中顾盼

遗留的冰雪

犹如圣婴正在脱落的洁白胎衣

在曲折的湖岸边守候

在河湟谷地的桃红柳绿里

青海湖仍在等待

等待湟鱼洄游的生命律动

等待鸥鸟北归的温暖翔集

等待青草与油菜花编制的摇曳裙裾

在晶莹的冰雪中

且看青草静静发芽

且听野鸭咕咕鸣叫

且赏湖水幽幽涌动

一切都是生命最初的蔚蓝绽放

在德令哈，追寻痴情的海子

一路向西

跨过青海湖的蔚蓝

越过茶卡盐湖的明净

驻足在德令哈的宁静孤寂

孤寂苍茫的戈壁

阻止不了德令哈的诱惑
也阻止不了海子的诗意
一份诗意的痴情等候
芬芳了一座孤城的精神殿堂

不去看外星人遗留的铁管
不去游柯鲁克湖荡漾的涟漪
只想在巴音河的岸边
找寻海子深夜守候的姐姐

寂静的夜晚
巴音河披上了七彩的霓裳
河中的喷泉飘舞着忧伤
陈列馆中人影稀疏
诗歌碑林里诗句孤寂
海子等待的姐姐在水一方
以梦为马的海子
向往着春暖花开的美丽大海

只要心怀浪漫的诗意
即使在遥远的荒漠戈壁
也会生长最温情的格桑花
巴音河的碑林里
一块块灵异的石头
抒写着人间最纯净的诗行

追寻有时是一种虚幻

海子曾经的巴音河和诗意的等候

已经改变了当初的模样

追寻有时却是一份寄托

海子诗意的德令哈和纯净的梦想

却在诗歌的星空飞翔

泰山览胜

沿着太阳升起的方向

我走进齐鲁大地的苍茫

探寻五岳独尊的雄壮与尊贵

从红门处仰望

高耸云天的绵延群山

在红艳的朝阳中泰然沐浴

尽显天下第一山的威严与神圣

拾级而上

嶙峋的山石

不时突兀在峡谷的两侧

奔放飘逸的石刻

挥洒象形汉字的灵动

飞扬着中华诗文的深远浑厚

登上十八盘的通天阶梯

那千万级曲曲折折的台阶

悬挂着走向仙境的所有艰险

走走停停的弯腰登攀

晃动着步入南天门的千般惊颤

越过繁华的天街

驻足在孔子小天下的崖石

万山朝拜的豪迈

从我惊诧的眼角无限地弥漫

五岳独尊的威武

在我惊叹的心底飞速地升腾

青翠的奇松

清幽的叠瀑

滋润着岱宗的灵动与翠绿

岱宗祠的桑烟

玉皇顶的紫气

飘拂着仙境山的灵秀与神秘

秦始皇的无字碑

唐玄宗的摩崖刻

彰显着独尊者的霸气与自负

登临泰山绝顶

看一眼天高地阔的苍茫

是心灵最舒畅的一次飞翔

烟雨西湖

是一湖柳影摇曳的碧水

牵引着我辗转千里的脚步

还是千首风韵不绝的诗词

吸引着我留恋顾盼的眼眸

在苏杭的人间天堂

我追寻一幅烟柳迷蒙的诗画西湖

碧绿的湖水

摇曳着白居易与苏轼

诗意根植的千年柳影

那一排排柔美的西子秀发

撩动着风情万种的湖光山色

横斜的断桥

撑开了许仙艳遇白素贞

千年等一回的温情花伞

那一孔孔迷离的西子眼眸

闪动着人蛇共舞的爱恨情仇

在春夏交替的季风里

柔嫩的柳树垂下一条条翠绿的柳丝

摇荡着西湖的千娇百媚

鲜嫩的荷花张开一个个粉红的花蕾

吟唱着西湖的万紫千红

朝夕变换的光影里

雷峰夕照放射的绚烂暮色

三潭印月交织的清丽夜景

花港观鱼闪现的灵动鱼影
断桥残雪勾画的空灵墨痕
都在南屏钟声的幽远中轻歌曼舞

迷蒙的柳烟花雨
打湿了一段唐风宋韵的记忆
隐约的池亭水榭
迷离了一些浅吟低唱的故事
而我温软的眼眸
扫描着每一处风情万种的西湖图画

水中莲花

你是水塘中最俊美的精灵
挺拔着仙女一样玉立的身躯
在碧绿的舞台上
你舞动风来风去的曼妙风姿

你是碧水上最灵动的风景
绽放着天使一样纯洁的面容
在粉红的香唇上
你吟唱花开花落的自由旋律

你如盖的绿叶
衬托着高扬的粉红花苞
你合拢的花瓣
呵护着散射的金黄花蕊

你凌波的身姿

彰显着傲岸不屈的性情

虽然看不到

你在淤泥中坚强的突破

望不见

你在清涟里快乐的濯洗

但看得见

你出淤泥而不染的清爽

闻得到

你浴碧波而益清的馨香

不愿做亵玩者

也不做采莲人

只在池边静静地远观

留几帧你凌波独步的风姿

丰盈我爱花惜花的一份心意

田野秋菊

庭院内

田野边

清冷的秋风里你绚丽地绽放

坚守百花园最炫的完美谢幕

黄色的蕊

多彩的瓣

细碎的绿叶上你孤傲地微笑

演绎秋霜里最酷的冷艳故事

在家乡的田野上

你静享着

陶渊明采菊东篱下的闲适

在重阳的时序里

你丰沛着

孟浩然还来就菊花的乡趣

嗅闻你清芬的花香

犹如吸入君子的芬芳情怀

采撷你孤直的花枝

好似撷取隐士的恬淡性灵

你是清秋里最难割舍的精灵

怀一份虔敬的心

看你

看秋天里最美的一抹花影

看人世间最纯的一份情致

看百花中最贞的一次坚守

金色树叶

金色树叶

犹如秋天最娇美的脸庞

黄金一样的脸色

在猎猎秋风中

飘扬成一面面金色的旗帜

闪耀着生命最尊贵的亮色

太阳给予了炽热的光芒

细雨灌注了淬炼的玉液

寒风赋予了强劲的吹打

树叶用全部的生命力量

锻造成一幅坚毅的黄金模样

虽然没有花瓣的轻盈

未能赢得春风夏雨里柔情的注目

却用叶片的金贵

铸造了秋风冬雪中璀璨的辉煌

即使从树梢上落下惆怅

金色的树叶也是翩然而舞的飞天

舞动着金色的衣袖

让秋天走得尊贵而从容

虽然树叶金色的容颜

最终消失在褐色的泥土里

成为不知所终的过往

却用生命锻造的辉煌

永远是秋天最金贵的名片

在冬天素净的门扉前

定格的金色树叶

以翩然飞舞的身影

给金秋留下最后的一点念想

歇 晌（外八首）

钟有龙

白露刚过山地里土豆该收获了

一坡坡一垄垄

铺满一层金色的阳光

铁锹把是计时器

顺着光线立竿见影

中午等待歇晌

父亲在地埂边

挖了个土锅锅灶

用干土块垒成窑梁

母亲放下手中的活

在山坡上拾上柴禾

把灶膛烧成红彤彤的炉膛

父亲用湿土坯封住灶门
捣开灶塔和母亲兜来的土豆
一起埋进高温的灶膛

挖土豆的人歇晌了
吃着焦巴土豆　尝着生活的甘甜
山野里飘着祖先的智慧和土豆的芬芳

南山射箭

夏季　充满诱惑的拉脊山
放射出无限的魅力
白雪　野花把山乡装扮得清爽
到处铺设着欢乐的箭场

一对对格萨尔王的后代
甩圆臂膀　把弓弩张
将一支嗖嗖飞驰的箭
射在用树梢编织的靶上

贺箭声划破道道山梁
箭场顿时变成欢乐的舞场
个个神采飞舞　激情浩荡
山醉　人狂　潇洒走一趟

射箭是南山人特有的传统习俗
"对磨子"是天生的"相望"

热腾腾的"手抓""酩馏酒"

你可掂出这感情的分量

插着鲜花的帽檐下

姑娘那一张张妩媚的笑脸

正寻觅心爱的情郎

潇洒的后生已悄悄走进她的心房

"拉伊""花儿"缭绕山岗

一对对情侣倾诉衷肠

割不断的情意在空中回荡

含羞的太阳向山后慌忙躲藏

积雪莹莹蕴藏着无限诗意

颗颗心灵追求纯朴的生活

弓弦拉近了人与人之间的距离

靶场上奏出了民族团结和谐的乐章

北山跑马

蓝天　白云

翠绿的山岗

野花争妍泛出清香

油菜花敞开胸怀

欢迎蝴蝶飞舞　蜜蜂采酿

帐房　花伞　人海

把跑马会场装扮得激情飞扬

吆喝声　口哨声
风急电驰的天驹
托起展翅的雄鹰飞翔

划破时空　飞向天际
摘取哈达　夺取奖赏

手抓　酿皮　青稞酒的美味
伴着情侣的"花儿"飘洒山乡

古老的民俗把生活描绘甜美
一个倔强的民族撑起一片蓝天
天地间环绕着潇洒豪放

巨人南瓜

相识在科技示范园
你已长成巨人南瓜

未到出嫁年龄
已被人介绍到官宦人家

本是一粒普通的种子
在朴素的土地上发芽

偶然一次太空旅游

你开始变异

享受俸禄　住着别墅

不知炎热与寒冷

吸吮现代营养素

爬在埂地上的藤

却远离了土地沦落在天涯

现代科技妙不可言

一样的种子结出两样的果实

一样的瓜藤

可以结出渺小与伟大

乡　恋

夏至回乡

一路上就听到

麦苗拔节的声响

田野里一张张

笑脸心花绽放

迎接游子回到久别的故乡

微风摇曳的豆秆

伸出双手

捧着白蝴蝶

拭去豆花脸上的泪光

相互依偎的情景依然真切
别离时的倾诉亲切如初
思念的笛声在梦境里回荡
布谷鸟叫声从清晨的第一缕阳光里响起
熟悉的乡音
呼唤着一个乳名：尕胖——尕胖——

梦回童年

昨夜一阵雨声，梦中
回到故乡
清瘦的山庄
碧绿的田园
一切都是四十年前的模样

鳞次栉比的农家小院
户户飘散着心头的梦想
白杨盖起的对儿木房
美观清爽

院中的梨花相争斗妍
枝间麻雀喧闹飞旋
竟然想到捉吃麻雀的想法
踩凳取下猫儿头上挂的筛子
扣在院内用绑着绳子的木棍支起
然后拿着另一头绳子藏在屋里
耐心等待麻雀上当

屋檐下捋辅衬的母亲说：

咋就干指头沾盐

不撒几把秕谷子咋能让麻雀上当

我抓了一把渣头撒进筛下

警惕的麻雀因贪食成了我的美餐

一阵疼痛把我惊醒

我竟然咬着手指品尝

回味童年

乡愁是含碱的水是苦涩的酒

难忘每年腊月宰猪时中午那一顿饭

炝在锅里的石葱花把一个年代熏香

鲁班亭

琉璃瓦闪烁的八角亭

屹立在老鸦峡风口浪尖上

沐浴金山寺顶撒下的万道佛光

吸吮着湟水的天籁果蔬飘香

凝望天空生出几多风云几多幻象

不知何年何月坠入湍急的河中央

思绪和欲望日复一日升华成中流砥柱

自知这是生存和死亡的年年岁岁考量

当耳边听见鲁班斧劈巨石的声响
心潮如浪泛起对美好生活的希望

你从远年的北魏信步走来
从不想跟华丽的彩陶比试光芒

你始终保持心灵纯净如水
从不想听乌鸦在峡谷里的鼓噪歌唱

站在你的面前
我在寻找人生的目标和方向

穿越相隔十几个世纪的漫漫峡谷
风铃依然在秋风凄雨中叮当作响

即使时态变迁灯红酒绿
也不忘初心守望第一缕曙光

乡变奏曲

中秋时节
回到日思夜想的故乡
眼前一派新型农庄
已不见旧时模样

父辈们粗放种植的田野
已变设施农业种植基地

白花花的塑料大棚内
都是现代设施和钢梁

那条下雨天泥泞不堪
自行车骑人的土路
已变得宽阔平坦
柏油马路上穿梭着各式车辆

清晨洗漱时脸盆里看不见
污垢皂沫与碱水分离的画面
清澈的自来水沏出的茶香
溢满整个农家庄院的客房

家家用白杨木盖的
土搁梁　对儿木房已成为历史
户户住的是砖混结构的洋房
名家的字画挂在中堂

院内听不到过去风箱啪啪声响
一合电闸　乡土风味的菜肴摆桌上
吃着可口的饭菜　嚼着童年的味道
记忆深处四十年故乡巨变心窝里回荡

大嫂的手机铃声突然响起
南方上大学的孩子给二老问安
智能手机已替代过去鸿雁传书
网上随时传递家乡日新月异的图像

客厅里悬挂不忘初心牢记使命

规模化产业化环保的新词儿绕屋堂

电视屏幕上社火小调儿不停地播放

舒心的农民感恩好政策发挥出的能量

一棵空心树

一棵树生长在路旁

早迎旭日晚送霞光

就这么往复谁也说不清你贵庚年方

就这么年复一年地生长

不知承受多少狂风暴雨袭击

牧人在你的腹中做客度暑寒

林间呈现出烟雾缭绕的苍茫

这使我想起封神演义里

妲姬掏心挖肝卖空心菜的故事

人世间的悲剧

岂能在植物身上重演悲怆

大自然创造林海中的奇迹

你从未放弃对生存的追求

许多古树已被封为神树

你在秋风凄雨里精心思量

打工族之歌

张银德

告别了冰雪覆盖的农庄

在色彩斑斓的城市里寻找自己的理想

建一座桥梁或修一幢高楼

我们在钢筋丛林中一天天成长

甜酸苦辣在额头上流淌

为的是早一天走出贫困荒凉

离开了生我养我的家乡

在那陌生而艰苦的岗位上拼闯

卖几碗米汤或摆一个小摊

我们在里弄小巷努力改变自己的模样

风霜雨雪时常打击我们的面庞

为的是早一天掌握致富的药方

告别了热泪盈眶的亲娘

在异地他乡肩扛着全家的期望
种一方高粱或摘一筐棉花
我们在劳动中一天天坚强
悲欢离合不时揉搓着我们的心房
为的是家乡早日实现小康

筑路精魂

——观电影《天慕》

陈芝振

青藏公路

一条人间修到天上的路

一条朝圣的路

一条在艰苦条件下运粮的路

一条生命之路

一条民族团结之路

共和国刚刚成立

西藏和平解放

解放军官兵驻扎拉萨

人要吃饭马要草料

这些恰恰在

拉萨奇缺

一斤青稞面粉

要用等重的银子交换

一斤食盐八个银元

烧壶开水所用的牛粪

要四个银元

物价高得出奇

西藏运输总队政委

慕生忠将军

运送军粮去拉萨

一路艰难险阻

难以言表：

运送一趟伤亡惨重

牺牲三十余人

死亡骆驼三千多峰

如此惨烈和悲壮

将军决定修通青藏公路——

从西宁到拉萨

1954 年 12 月 25 日

终于使梦想成真

全长近两千公里

开辟了世界屋脊上第一条公路

创造了人类建设史上的奇迹

修路的艰险

难以形容

全部物资：

十辆卡车

铁锹、铁镐各千余把

炸药仅三百多斤

工兵营中
初有十个士兵
十多个骆驼客
还有感化了的土匪头子
二当家带过来的弟兄
后来建设军民增加到千余人
还有工程队六个
大家齐心协力
同甘共苦

骆驼客——
蒙古汉子巴特尔
起初不想干
后来找来恋人
藏族姑娘拉姆
一同加入筑路大军
一同修路到拉萨

慕将军
敢拼敢干
领导部队
逢山开路遇水架桥
起荒原涉怒江登横断
过昆仑迈雪山
在格尔木盐湖架起了万丈盐桥
开创了在青藏高原修公路的历史

一路克服
大风狂沙戈壁野狼
冰天雪地高寒缺氧
唐古拉山的海拔 5321 米
种种困难——
前后相接考验着筑路大军
在陡崖架桥
悬绳测量
一不小心掉下悬崖
安全系在那条粗壮的麻绳上
几乎每一公里都有筑路人员倒下
……

历史铭记着珍贵的日子
一九五四年
十月二十日打通唐古拉山口
海拔五千米
十二月二十五日格尔木至拉萨
天路贯通相距 1283 千米
人类历史上的奇迹创造

《天幕》
一曲爱国主义赞歌
一条钢铁般坚强的革命意志
再现当年激情燃烧的岁月
展现了民族团结的历史画卷

班彦新村（外三首）

谢保和

我追逐着空气中的清新气息
彩虹绚丽在雨后的晴空里
在那不远处的红崖子沟
土族阿姑们
用衣袖上的七彩扣线
把彩虹连到了土乡新班彦

村头树上的喜鹊成天叫个不停
今儿也许是欢迎我的到来
暖阳下广场的秋千边
从白毡毛老汉的胡须里
顺着沙沟流淌着
大山深处发生的故事

那年八月的蒙蒙细雨里

宽厚有力而温暖的手
抚摸过这片福地热土
穿着雨鞋领路的坚定脚步
走过的沙土路
今日不再泥泞

被手扶拖拉机突突拉进了梦里
只把三百年的记忆留在了黄土坡的风中尴尬
旧庄廓疲惫不堪地躺在芨芨草丛里
山菊花不知道主人搬离
依然在山梁上渲染着火红的秋天
守护着被牛羊啃过的青山

带着香草味的盘绣荷包里
幸福梦想装了个鼓鼓囊囊
阿姑们脸上泛起的红晕
跟霞光一个色样
雨雪再也挡不住毅然前行的脚步
人们说彩虹的那头连着很远很远的地方

笑着的洋芋响着的花
——献给海东市（峰堆）首届洋芋花海艺术节

三伏天的风是热情的
一阵阵花铃的响声从峰堆的脑山传来
几千年的精灵
点种在故乡的山山梁梁

看着眼熟的黄蕊花
紫一片白一片地开着
像是对根表达着情意
又像是母亲逗哄儿郎的呼唤

闭上眼睛
感觉热洋芋的温度还在
我怀里焐着洋芋
还是洋芋焐热了我

烤洋芋的味道
弥漫在帐房庭院
弥漫在学堂教室
弥漫在村庄山乡

忘记了洋芋花的香气
水蛋子的酸涩还留在口齿间
塔给的那一锅洋芋
起盖时每一个都绽开着笑脸

记得时洋芋白白胖胖
而如今，洋芋还是白白胖胖
记得时洋芋笑着
而如今，洋芋和我相笑着

春啊，我为你扎下帐房

花朝节过了
看见向阳墙根处的绿色
总有一种萌动在树枝头荡漾

青藏高原的春天迟迟未到
我的心总是那么忐忑不安
天天到电信局打听关于春的讯号畅不畅

就像腊八过后孩童盼望过年一样
春啊，久别的亲人
我盼望着与你的相约

我耐不住等待
趁着双休日空闲的时光，前往
想去迎一迎那盼恋的春姑娘

彻夜计划着她来的路线，但还是
不知道去积石山下
还是去那享堂外的花庄

我想去迎一迎春姑娘
也许她累了，在黄河清水湾
奉上一杯酥油茶香

我想去迎一迎春姑娘

也许她困了，在湟水岸边

扎下一顶彩色的帐房

她轻盈的脚步

总是在梦里悄悄来过，渴望

抚摸家乡的山山水水还有我的脸庞

人们说她的裙摆很长

比任何一个新娘的婚纱还要长

我想牵着她的手撒一路花从巴垣到北疆

在湟水岸边

我想扎一顶帐房

去迎一迎春姑娘

九曲黄河灯

——"天地有大美而不言"，乐都人言之

我总是在想

古老的先人们

是如何赞美黄河的

幸好

在黄河支流的湟水南岸

有个七里店

听老人们说

逛灯阵要跑起来并吆喊着
让尘土随着人流的欢腾
飞扬弥漫
让灯像水一样流动起来
那才是黄河咆哮的气势

汗水和着尘土
如黄河的泥涛涌入我的心中
又仿佛我涌入那
滚滚的黄河泥涛中

黄河不会说话
咆哮是她的声音
文明的世界里
黄河也变得不敢大声了

九曲的黄河
九曲的灯阵
九宫的布局
九州的大地

走过一盏盏灯
接受着一家家的祝福
走过一盏盏灯
预示来年一天天的平安

十五的夜

我想顺一盏灯
像掬一朵黄河里的浪花
母亲希望
她华夏的儿女如愿

门　神（外八章）

熊国学

从远古的历史中走来。

和春联一起演绎着美丽的传说。

一身的威严，高高地站在大门上，横刀立马，怒目圆睁。

站立，让祥云缭绕在家门。

站立，把一份坚韧和责任，镌刻在永不变更的姿势里。

站立，在千家万户的门上做永恒的守望。

这一站，站了一千多年。

让秦琼敬德的名字，走进了人们的心里。

家门的香炉上，缭绕的桑烟，让他们变成了一对神。

神没有住在庙里，却住在了百姓的家门上。

于是，他们不再是神，而是咱普通百姓的一员。

麦　场

又是一个春种秋收的轮回。

天上太阳如火，地下农人繁忙成一片火热。

麦场上麦捆如山，艺术家的农人用麦秸编织出一轮金色的"太阳"，散发出耀眼的光芒。

"太阳"里父亲牵一匹拉着碌碡的枣红马，手中的长鞭在空中发出声声脆响。父亲的脚步匆匆，马的蹄声急急。碌碡在麦秸中欢快地翻滚，麦秸在碌碡碾压下跳跃，发出噼噼啪啪的爆裂声。

一圈、二圈、三圈……将心中的浮躁压下，希望在碌碡的碾压下硬棒、结实、成形。

一圈、二圈、三圈……枣红马似一溜红色的火焰在麦场里飞奔，跑成一叠环环相扣的圆，给金色的"太阳"又绣上了一层美丽的晕圈。

此时牵马的父亲汗流浃背，跟着马画了一个又一个圆，走了一圈又一圈路。他没有被无休止的画圈、走圈弄得心神疲惫。他的心里正画着一个更为圆满、更为规正的圆。

哦！圆圆的麦场，圆圆的希望。它是农人心中一颗不落的太阳。

柳　絮

春风苏醒了一颗僵硬的心。

太阳伸出温暖的双手，轻轻抚摸一头的秀发。

怀春的你，擎一把绿色的巨伞，把爱情放在伞顶上和太阳接吻。

伞底下阳光的琴弦上弹奏出美丽的笑声。

微风，热情的保姆，牵着你孩儿的小手，行走在天地间。

着一身白色的裙裾。随风而起，随风而落。幻化成纷纷扬扬的雪花，落在田野里，河畔上。

别误会，这不是它的轻浮，而是择机而发的生命选择。

一场风雨过后，那白色的茸毛牢牢贴在地面上，一粒生命的种子，定格在泥土里，开始它漫长的生命旅程。

长江路 5 号

父亲的报夹点燃了我的希望。

梦的种子在少年的沃土里发芽。

二十三年，

左手扶着犁，右手握着笔。

深一脚浅一脚地从昨天走到今天。

"火柴盒""豆腐块"是一路上踏下的坚实脚印。

厚厚的剪贴本是悬挂在头顶上的红灯笼。

走近你，就把幸福和与快乐种在寂寞和勤奋里。

走近你，我就是一个时间的贫穷者，向白天行乞，向夜晚讨要，有过多少三更灯火五更鸡鸣，无人知晓。

清苦的生活，无所谓荣誉与名利，美好的向往是无价之宝。

路是牵引人的一根绳子。

各种各样的路走出不同的人生和志趣。

穷乡僻壤的山旮旯里有我的娘亲，洁净的阳光朗照着我前行的路。

用阳光的泥水，书本的砖头，砌一间小屋，给这颗不安分的心，找一个暂时的容身之所。

但是，任何有形的藏身之所容不下无形的精神躯体，而你就是我崇高的精神家园。

麻　雀

没有告别，携妻带子，在一个晚上悄悄地走了。

白杨林害着相思病，乡村失去了一名著名的歌唱家。

惊叹、疑惑，包裹了偌大的村庄。

今春，草原深处，意外相逢，十几年的别情浓缩在默默的凝视之中。惊疑从你的眼神里走出，恐惧从你的脸颊上疾跑。

记忆的骏马奔驰如飞，走回噩梦般的昨天。

树枝上，明亮的双眸化作两只利剑，把心中的愤怒和怨恨一起向我射来。

痛苦的泪水从还没有发芽的白杨树枝上倾盆而下。

我无地自容，勾下面对你曾经高傲的头颅，做一千次、一万次的忏悔。

然而，十几年的别情总不能这样擦肩而过。我分明看见，你的眼神里装满了浓浓的思乡之情。故乡的游子啊，让我轻轻地告诉你，噩梦已成过去，故乡吹过退耕还林的春风。

回家，是故乡人们望眼欲穿的期盼。

塔吊女司机

还没出闺，心中的梦想早已飞出闺房。

母亲的牵挂，你用自信的微笑给她一份宽慰。

丑陋的蛇皮袋，装进五彩的梦，走进工地的艰辛和寂寞里。

塔吊，一架登天的梯子。

攀登的喜悦，敞亮的心境，一双眼睛走向遥远的辽阔。

塔吊，吊起钢筋和红砖的沉重、吊起一位山乡女子的憧憬和向往，却吊不起姑娘的重重心事。

塔吊是一位巨人。

你站起来，被塔吊还高。

踮起脚尖，摘几颗星星，带回家，送给你的姐妹们。但谁也不知道，你把一颗最亮的星星珍藏在心底里，悄悄别在你美丽的嫁妆上。

蛇皮袋

蛇皮袋。

没那么珍贵。

其实是最普通不过的纤维袋。

装上行李，就成了一个流动的家。漂泊着农民工的春夏秋冬。

赤橙黄绿青蓝紫。

没有彩虹般的艳丽，星星般散落在城市的角角落落。

蛇皮袋。

一群迁徙于乡村与城市之间候鸟的巢。

不停地飞翔，如蜗牛般随时把家背在后背上。

城市接纳着他们，也排斥着他们。

他们忙得没时间给后背上的"家"抹一把泥，堵堵漏风漏雨的孔缝。

也许这就是他们的本分。一个人的家干吗收拾得那么华丽？！

蛇皮袋。

农民工的家。从一个工地到另一个工地。很轻巧。

但这个家也很沉重。沉重得让人无法背负。

那里装着故乡的太阳、月亮、星星和土地。

装着父母的牵挂和担忧，情人的缠绵和温柔。

那里承载着一家人的柴米油盐，儿女成人成才的梦想。

那里装着一路的艰辛和挫折，漫长的人生，需要用这简陋的流动的家去丈量。

迟来的雨

浪迹天涯的游子，你可忘记了回家的路？

母亲的呼唤在半空里徘徊。

回眸，枯黄的麦苗，亮起一盏盏警示的灯，愧疚的泪水下成一场小雨。

母亲悲喜交加，任冰凉的小手摩挲她苍老的面颊。

这就是昔日被人们称颂的孝子？

看一眼幽深如洞的天空，她不明白，昔日勤快的脚步为何显得这般沉重和迟疑？

雨淋湿了母亲的衣衫，也让她的庄稼得到一丝安慰。

此刻，母亲在求雨的长明灯下，沉重的瞌睡睁不开眼睛。

梦乡里，雨的金针银线缝合她心的伤口。

春　风

季节的车轮冲破冬的藩篱，驶进明媚的春光里。

虽然还有坚冰和寒冷在期盼中融化。

呼呼的风，热切而急迫，那是春与冬的对话。时而窃窃私语，和风细雨；时而言辞激烈，狂风暴雨，一泻千里。

这注定是一场新与旧、生与死的鏖战。

在冬末昏暗的天空下，风的呐喊震天动地，春的旗帜猎猎作响。一双有力的手挥舞着，擦拭着天空灰头土脸的面庞，摩挲着由于失血而僵硬的土地，抚慰着大地万物，把一个新生的希望留在坚定的信念里。

风一阵紧似一阵。

引领着恒定的方向。

从一个季节走向另一个季节。

当一切重归于平静，又是一幅美丽的画卷：太阳明媚，天空湛蓝，杨柳泛绿，麦苗茁壮，燕子在天空里划出一个个美丽的剪影。

致我的故乡——大美青海

范宗保

故乡啊，我终究是爱您的
不仅是您天生丽质的容颜
还有，您深邃的眼眸、博大的胸膛
虽然阔别三十余年
这份爱，一如那坛青稞酒历久弥香

故乡啊，我终究是恋您的
我把大美青海的符号轻吟浅唱
昆仑山的神话瑶池般浩渺
三江源的圣水婉转而悠扬
青海湖的碧波盈盈如画
柴达木的宝藏令人神往
塔尔寺的经幡洗礼了多少信众
祁连山的油菜花浴了百里芬芳
还有，可可西里的藏羚羊和日月山的牧场

唐蕃古道的彩陶文化源远流长

这些，都还不够
您的一山一水，一草一木
都是我眼里的壮美胜景啊
您雪山的纯净、高原的气概
如梦如幻的神秘面纱
引燃了世界的目光

故乡啊，我终究是赞您的
每当我眺望这片热土
心便能回到最初筑梦的地方
花瓣纷繁，灿烂着我的眼眸
蓝天白云，闲适着我的衷肠
也许，我就是你千百年前放飞的白鸽
今生，愿为你鸣唱一首首醉人的诗章

在阿依桑迈山

钱华桑

天空浩浩深邃

重峦叠嶂巍巍

白云松涛

清泉野花

织成人间锦绣

以及这跨越时空的交响

此刻

我的思绪飞翔

飞呀，飞……

与九霄的天公攀谈

想把白云做成霓裳

想乘着月亮靠近太阳

想在宇宙的星河寻找

一种神秘的力量

让失独的羚羊
搁浅的幼鲸
落单的孤雁
哪怕是流血的苍狼
都能与我一同回归故乡

早春花语（外二首）

马英梅

东风捎来春消息

春风前后

高原上杏花喧闹了田野人家

一树一树烂漫

远看似烟霞

枝头鸟鸣敲击心窝

是琴键上高山流水的神话

春雨洒落心田

织成细密而柔情的网

千丝万缕

柔柔地飘洒

星星点点每一滴甘霖

润物无声

常常想扼住那云朵

趁着这晶莹的琼花雨向梦境出发

水中硕大的蓝月亮

静静守候着冰雪玲珑的杏花

流连在杏花芳菲的季节

清晨白玉兰的问候

帧帧清丽唯美

可是情真意切的三绝题帕？

半旧不新的香罗手帕

能解者唯有世外仙葩

春如旧

春风时节，一场雨雪

落定了尘埃

徘徊在杏花氤氲的小径

春风是悠远而凄凉的洞箫声

由远而近

有一搭没一搭

古老的爱情

谁还在传唱它的情义无价？

木石前盟的情缘

谁是那石头，谁是那仙草？

分不清的桃红杏白

开花的高原，三月飘雪

梦的转角

谁还铭记心口殷红的朱砂？

唯愿透过绿窗纱

看那花树如云霞

我爱看高原的蓝天

春天

透过故乡繁花似锦的红杏枝头

我爱看高原的蓝天

夏天

掠过宽广幽绿的金银滩草原

我爱看高原的蓝天

秋天

抚过田野里金黄成熟的麦穗

我爱看高原的蓝天

冬天

踏过山重水复肥沃厚实的黄土地

我爱看高原的蓝天

高原的蓝天

那么深沉

日升月落的苍穹里演绎着乾坤的广博

斗转星移的天幕上闪烁着时光的流转

那么高远

满载艰苦岁月里祖辈们的面朝黄土背朝天

见证新时代各民族儿女改天换地勇闯难关

那么蔚蓝

朴素得像极了母亲们漂洗得干干净净的蓝布衫

新奇得又像孩子们天真烂漫的美丽心愿

高原的蓝天

图腾了变幻莫测神龙腾云的气象万千

挥洒了仙袂飘飘天女散花的千古烂漫

曼妙了柔美天鹅翩翩起舞的温馨湖畔

孕育了大片大片玫瑰色的花瓣

激荡了高原儿女内心干净澄澈的神坛

高原的蓝天

映衬着辽阔碧蓝的青海湖掀起微澜

温暖着梁间紫燕呼朋引伴的呢喃

挥舞着马背上少年驰骋草原时手里的套马杆

流连着茶卡盐湖明镜一样映出的红裙翩翩

追逐着三五好友夸父逐日般的征程扬帆

我常常出神地看你

高原的蓝天

在城市新拔起的高楼大厦的轮廓里看你

在雄鹰矫健翱翔的翅膀上看你

在春风吹响的鸽哨里看你

在东方喷薄而出的旭日里看你

爱看你呀，高原的蓝天

却总也看不够你

永远永远

挚 爱

触动灵魂的吉他声传来

玫瑰色的夕阳

照着近处的蓝铃花

笼住一切的

是梦一般紫色的薄纱

一只天鹅的孤独

晾在一棵花树下

水面上低头静默

兀自安慰内心的高贵

灵魂深处的哭泣

只有水波清浅的沙洲知道

夜的寂寥突袭里

它追逐并憩息着水中的月华

忧郁的湖水

渗着忧郁的蓝

还有忧郁的芦花

一朵百合顺流而来

花朵舒展而硕大

由远及近

做着甜美的百年好合的梦吗？

波浪翻滚

不得已将那一朵百合飘摇

百合的眼泪流成了河

汇到湖里

跟湖水一起随波逐流

虚度年华

此刻的天鹅

交颈的温柔

在水上演绎成最美丽的优雅

月光落在水上

落在花上

有谁知道莲的心事？

花不言

水无声

花与水的相映成趣

是不是美丽的童话？

一朵花在风中摇曳

一群花在风中摇曳

恍恍惚惚的缱绻

如在梦里

苦思冥想

是哪一朵花儿谢了？

无奈又无助

花瓣儿如紫蝶飞舞

慢慢凋零

慢慢飘撒

蒲公英的种子也成熟啦

夕阳中，带着清泪

经风一吹

纷纷然离去

动身去寻找适合自己的土壤

顺带也将七彩的梦想传达

故乡：赶在夕阳之前
回归的身影（外三首）

王玉君

恰是那最后一抹夕照
燃烧着清彩明亮的天空
如普照众生的佛光
回眸一瞥，让记忆折返

扯一捻暖红，抚慰云朵的心思
留守漂泊中最后时刻的炙热
轻叩故乡柴门的人
顺着小河把梦伸进远方的怀抱

纹织满地青草的相思
让一缕纤细的春风，唤醒最初的温柔
煮一壶浓酽的茯茶，解去旅途的疲劳
绚烂尽头留一念深蓝

拥水踏歌而来
添满离人满腹的信笺
思念似洪水泛滥，游子抛弃心酸
赶在夕阳落下之前回归

守　望

那是一只眼睛里的明亮
种植梦想，守着希望
多想
明亮里的一笑一颦

点燃一缕相思入骨
剪切成碎片
如至生不改的烟火，成为一生的所爱

闭合间仿佛有前世今生
藏于执手相看的熟悉中
你的眼里我只是一粒尘埃

而我却是自己的神
就如你是自己的星空一样
真实与缥缈交融

遥远却清晰的一轮圆月
仿佛西行求佛的路，起点即是终点
而人总要向着光亮，点亮心窗的灯

花儿声声

于山的额头悠扬
入耳的吟唱中诉说
故事中的故事　情歌中的情歌
跌宕了你的　我的情丝
复制成了岁月如歌的剪影

或忧伤　抑或动情
驻足在青春期的麦子间
流泻在田地的胸膛里
撩拨河畔两岸的春风
滴落成岁月不老的叶瓣

会唱与否，并不重要
醉美心扉
勾动原始的质朴
是你不老的初心

绕音三匝
河水轻泛涟漪
迎风舞动的柳条顾盼生姿
感念苍茫的天涯，有一席之地
养育着花儿生根发芽
让花儿在尘世间永远传唱

寻　找

多少个日日夜夜的牵扯
仅仅是为那回眸一瞥
熟悉的身影　熟悉的味道
恍如隔世的爱恋
抖动在此刻的心海
滑过隔岸相望的柔波里
为酝酿一次简单的牵手
回绝了阳光的洒脱
光阴的轻巧

谁知
千思万虑　酝酿无数
等来的是一句，请假了
那一刻吸入的香烟灼伤了所有的念想
心于午日的阳光下缓缓冰凉
殷切的脚步拖出没有方向的空虚
只把《可可托海的牧羊人》无数次倾听

湟水河的野鸭（外八首）

向　晓

我在河岸散步

你在我脑际盘旋而过

我惊异于河面的上空

你滑翔的足迹

叫停了我的脚步

吸走了我所有的目光

野　鸭

湟水河是你自由出没的地方

也是你驰骋嬉戏的海洋

水面　河岸　苇荡

或戏水

或聚会

或孵化

你个性使然　无拘无束
像处子一样天真　率性

我眼前掠过儿时的湟水河
记忆中未过见过你现在的模样
如今成群的精灵
不论黄昏还是清晨
像历史变迁的“活化石”
像生态演绎的“魔法师”
令河湟大地焕发生机　悦然一亮

野鸭　我端详你
也像是在观照我自己
逆流而上似乎是你的本性
即使顺流而下
也不过是水浪对你悠闲的冲击
或是振蹼游向对岸的水草
你　总是以宽阔的水面为舟
驶向自己想去的疆域

湟水河的生灵　野鸭
你身上　我寻到了自己的渺小　软弱
你身上　我领受了世界的气息　生机
即使不能远征也有飞向高空的梦想
即使不能“下海”也有不惧风浪的坚强
湟水河
野鸭　梦里梦外的战场

这儿

我寻到了内心安放的故乡

岸　柳

你总是俯下身子

望着湟水河

微风吹过　　枝叶像在欢送

河水东流　　及散步的行人

也像在追逐　　远逝的梦

昨天　　你还光秃

形不成浓荫

遮不住烈日

只是一种装饰　　一种存在

眼前　　你成了依靠

成了婆娑

成了一道风景

像河一样流走了岁月

流走了热情

像人一样催生了皱纹

催生了苍老

可根深深扎进了泥土

跟岸融为一体

一起守望

这河　　这城　　及城里的

流动的人　　沧变的事

睡　莲

一

一朵，两朵……
睡莲，露出水面
张着瓣瓣紫艳的唇
亲吻六月的天空
我更想知道　水下的身躯
走过的歪歪扭扭的历程
托起的不只有花
那岁月利剪划有刀伤的
莲叶，一片　两片
独占各自的空间
穿行于其中
铺衬着湖面
我的思想　在水中软化
还有那平铺的热情
喜欢上了这湖，这莲
追寻夏天的节奏
生命的真谛

二

如佛在湖面打坐
我的心像这花，这水
淘空了一切杂草及污垢
不只我　连天上的云

俯瞰朝阳公园，行人及手机
惊异昨日还那么稀疏
如今成堆　像银河两岸
夜晚繁星满天
是你——睡莲
挤占了我的整个心域
找不到词语，形容你
呈放的光亮和圣洁

德吉村，黄河自有一番模样

是河，还是湖？
在这儿，改变了我的认知
改变了我的想象
光未然的《黄河颂》一下子静了下来
泄了奔腾
丢了磅礴
失了风韵
没了神采
像一湾碧波荡漾的海
又不是，周身环抱的群山
远处 H 型的现代化跨河大桥
像一条银带
穿梭于古今
连接起往昔
昨日或许就是一条河
今日党的光辉沐浴，德吉村

多了广场、码头、游艇
多了沙滩、花海、游客
牛背上的民族有了俨然的居所
草地上的牧民有了营生的新路
"德吉"在这里回荡
梦想如这黄河水伸向远方

五月的河岸

时间，撞开了五月的缝隙
赐予河岸别样的风景
河边的岸柳沐浴阳光
吮吸愈发翠绿的河水
落户城市的松柏腿去苍青
直指天穹伸肢长节了
还有那绯红的海棠
那红如火，一串串燃烧
那盛开的丁香
那白似雪，一簇簇压满枝头
花下少不了说着情话的
少男少女，美丽在瞬间定格
三五成群的老人
结伴而行的中年夫妻
踩着新铺的栈道
瞅着吊装机胳臂还在昨日
抚弄成排的槐树
遐想"逝者如斯夫"

咏叹岁月发酵的奇迹

那拔地而起的城市楼群

让城中穿梭的河水隐没

隐没在汽笛喧闹的声响里

夜幕拉开，河岸多了份绚丽

楼顶流泻如注的彩灯

波光粼粼的灯影

枝丫婆娑的树影

岸边广场和乐的舞者

斜倚白玉栏杆的过客

让我逃离了昨日的窠臼

触摸到河湟新城的雏形

揽雪山，辟峡谷的母亲河

——湟水和着高原的音韵

跟着历史的节拍

不急不缓地流着

流出了五月的色彩

流出了时代的欢歌

有一种英雄叫植树人

有一种英雄叫植树人

他不显摆不贪功

只是默默地付出

把希望植进一个个树坑

任岁月排下一道道标杆

有一种青春叫奋斗者

他不图汇报不求名利

只是尽情地挥洒

把最美的华章写进治沙的桑田

任无悔的人生铺就绿色的海洋

有一种执着叫愚公

他不图私利不想放弃

只是精心地耕耘

把坚定的信念留在戈壁荒山

任血雨的浇灌润泽沧海心田

有一种理想叫播"绿"者

他不求乘凉不为福佑

只是不停地种着

把未来的梦想早播于今日

把明日的福荫流芳于别人

他把绿色植进三月的春天

他把情怀延伸到生态的山巅

化作春泥更护花的奉献

让人怎能忘

有一种英雄叫植树人

我漫步在湟水河岸边

冬日的湟水河清澈见底

不远处传来哗哗的声音

敲击着我的心跳

像体内血液激起的浪波

不时看到几只勇敢的野鸭

在岸边并行站立

把河湟谷地的母亲河护卫

也有的振翅低飞

似在昭示向往天空的勇气

耳边传来汽车的鸣笛声

跟水声、空气混在一起

这就是大地母亲的呼吸

迤逦而行的湟水河

时而急促

时而舒缓

水声如街灯忽隐忽现

忽远忽近

多像人的情愫人的脉搏

时而高昂

时而平舒

岸边的枯草,还有柳枝

只不过是,在冬天的梦里沉睡

万物皆有生命

大地有情有义

路上有人茕茕孑立

有人结伴而行

也有挽臂走着说着情话的伉俪

河水,草树,行人……

以不同的姿态呈现

生命本就丰富多彩

一轮火红的太阳

在河旁崛起的

两座高楼的夹缝里升起

新的一天就这样开始

湟水河向东不息地流去

奔向她的栖息地

生命的轮回

每年每天每刻都在这里演绎

又是一个月圆日

又是一个月圆日

你已离开故土

人在他乡　心在远方

独自一人

忍受那份清冷和孤独

儿时的家园

父亲总时早早起来

点上油灯　摆上瓜果

献上月饼　虔诚地祝福

我读不懂　却有一种沉甸甸的幸福

那时清贫的快乐

抑或是绕膝撒娇的满足

那种平淡的惬意
抑或是童稚真情的流露
那些简单的欢悦
抑或是家人共享的汇聚

工作了　那份味时断时续
有时只能对月　怅然若失
有时只能对盅　举杯抚昔
有时形单影只
邀诗词名赋　发今人之思

再后来啊　父亲走了
连过节的魂也走了
再也看不到邀"桂"接月的样子
一缕牵挂　一丝惆怅
那满满的忧伤在我心怀

可现在　都不在故里
天各几处　物是人非
昨日只剩下一个边角的影子
从前的记忆
定格在岁月叠加的照片里

中秋节了
已是去年天气
再也找不到
那个月圆人圆的"旧亭台"

再也找不到
那片家全人全的新天地

秋日，扎碾公路

一路车流　　像在追寻什么
向沟深处进发　　向车尾跑去的
杨柳　　田畴　　还有民居
在秋的气息中卸下盛装
在秋的静美中渲染着色

黄红绿交织着的山峦
依稀在眼前　　沟岸旁
车在蠕动　　人在攒动
那沟　　那树　　那山
成了手机的俘虏
进了相机的胸膛

仰望漫过山脊的秋色
与蓝天白云　　相依相伴
天地间　　一幅色彩斑斓的油画
人　　只是局外者
只是驻足观览　　那份神奇
那份无以言表的美

在山谷中穿行探寻
留下一路的惊异

谛听一沟的清泠

在沙棘灌木丛中潜形

我无意寻访水影　像是

不想惊扰那份"清泉石上流"的静谧

那穿山的隧道

打通了两个世界的心房

那挺耸的桥梁

衔连起一座座的山腰

分割出一道道的景致

还有那盘旋而下的公路

也让我的思想在此盘旋　回望

观景台顶端那面硕大坚挺的红旗

同样绝美却像姐妹般的风景

昨日还被山重重阻隔

今日　神话成为现实

没有比人更高的山

此句此处又有了新的演绎

车在山中行　人在画中游

此时此处也有了真的诠释

秋日　扎碾公路

一幅浓淡相宜的长卷

流铺在祁连山的一隅

倾泻进游客的心里

湟水河，我的母亲河（外一首）

盛兆寿

高原之上
穿越古都南凉心腹之地
流淌出南凉人灿烂的文化与发祥
瞿昙寺的钟声敲响
山风吹拂起喇嘛红色的衣裳
在柳湾彩陶上跳起了锅庄
醉了武当山那边一抹晚归的夕阳

在南北山的港湾里
你孕育出如同江南一样秀色的模样
水草在大地湾湿地公园的微波下
轻轻摇晃出环保对你的柔情和期望
湟水河大桥秀美的身躯
在一洼清凉的水面上
倒映成一副古丝绸之路图样

通往一带一路沿线的经济走廊

鲜红的辣椒和紫红大蒜
是湟水河畔成长在富硒之都的希望
是农民挂在门口的火热
也是双手串起的民族团结不可忽略的能量
格桑花迎来了南山射箭的热潮和梦想
酥油茶滋润了花儿的喉咙唱湿了父母的眼眶
北山的松花顶忧如跑马的草场
彩虹里牧马人跑出了荣誉殿堂

一个个水泥柱架起了天路
与白云和蓝天构成了美丽的诗行
河湟农产品坐上网络的快递
在欧洲市场上被品尝
南凉人的笑容
在湟水河中流淌
南凉人的故事
离不开湟水宽阔的胸膛

冬季的旅行

冬季的暖阳
亲热的如你的棉袄
趁着山舞银色和童话般的季节
我们去高原旅行
行囊里装满了快乐

踩着丝绸之路铺满的丝绸
翻越唐蕃古道和日月山口
银勺，舀起
岁月的时光
撒在日月前行的脚步

冬季，我们去旅行
我们徒步在青海湖边
在银色的绸缎上
我用双手捧起湖面
然后，装进我的瞳孔

用泪水融化洁白的湖面
鸟类的羽毛，打湿
我湿润的睫毛
湟鱼，在我的黑眸里翻起波浪
行囊里装满了喜悦和收获

冬季的旅行
让喧嚣归于宁静
银色的童话里
时光的相册
记录了旅行的瞬间

下　寨

贾洪梅

您因香气回肠的沙果而出名

今天　四方宾客

又因梨花的芬芳

手捧四月的温情

踏着唐诗宋词的韵律

来拜见您

在这惠风和畅的季节

梨花俏立枝头

嗅春的气息

是那么淡雅素净

是那样纯洁娇丽

今天的您游人如织

沾染着无尽的风光

您瞧　那满树的圣洁

似盛装待嫁的新娘

静静等待幸福和孕育

今天的您

梨花白色的娴静与柔情

让多少文人墨客诗情萌发

舞动起手中的丹青妙笔

在春风里描绘您娴静的娇容

在婉约中诵读您悠然的诗韵

在芬芳的花语下

聆听您的变迁和繁荣

五四·白鸽

李　炜

我，是一只桀骜不驯

自由自在

带来光明与爱的白鸽。

我是一只激情饱满

充满斗志

与高海拔的恶劣气候抗争的白鸽。

母亲！听到你的呼唤，

我从东关大街 218 号，

风驰电掣般地飞到湟水河畔的南凉古地。

纵使电闪雷鸣，狂风怒吼

也不能阻止我回到您的怀抱

天空阴暗了下来，开始下雨

雨点如同枪子一样密密麻麻地打在我的身上

无尽的风在吼叫

似乎要把我吹到茶卡盐湖才肯罢休

枪林弹雨

视线逐渐模糊

不！我绝不能够倒在这里！

也决意不能受到压迫！

因为，在我的内心深处

迸发着梦想、希望和力量。

在这黑暗中

我的双翅化为两把利剑

将这天际划成两半，

一半是乌云、阴霾

另一半是光和热血。

冲啊！穿过这乌云密布！

穿过这不可逾越的鸿沟！

母亲啊！

作为英雄的儿女

我要用我昂扬的斗志，

在这片土地上挥洒青春的汗水，

誓将"五四"的旗帜深深地插在这高原上

母亲啊，

我如同一架白色的战斗机，

在海拔 6860 米的布喀达坂峰的上空

骄傲地飞翔

决心飞过这沉寂又美丽的雪山

飞到那最高处

然后用全身的力量声嘶力竭的高喊：

爱国！进步！民主！科学！

我歌颂祖国

赞美青春

将正义与和平

带到每一块向往自由的土地上

让它尽情地开出五颜六色的花

尽情成长！

我是一只白鸽，

一只顽强不息、充满理想的白鸽

一只拥有智慧、崇尚自由的白鸽

一只飞翔了 100 年的和平之鸽！

努力向前飞吧！

飞过南凉古地！

飞过东关大街 218 号！

飞过这青藏高原！

长桥夜月

陈希夷

山丹花

悬崖顶上万株花，璀璨娇妍似彩霞。
不与群芳争艳丽，高洁恬淡葆春花。

长峡平湖

坝阻黄河作海湖，风光旖旎赛杭苏。
莲峰倒影波中舞，水色澄蓝泳野凫。

咏诗楼

翠竹笼青霭，影中屹小楼。
门前极冷落，屋内有人愁。
竟日倚栏望，朝夕瞰水流。

孤身无乐趣，咏物遣烦忧。

夏日野游

流水漱河石，青杨绿远山。
滩原芳草碧，沟壑野花妍。
少女松间舞，儿郎柳下欢。
歌声盈谷涧，日暮不知还。

照壁峰

孤峰上柱天，突兀耸云端。
峭壁三千仞，山蹊四百盘。
援藤登绝顶，纵目瞰长川。
俯视岗峦小，飘然意欲仙。

过新城

历历颓垣外，田畴四面开。
农夫耘地去，牧女叱牛来。
麦浪碧如海，城头长绿苔。
沉思今古事，不禁起幽怀。

雄关天险

千寻峭壁峙云端，万仞连峥罩紫岚。
骇浪雷鸣飞白雪，惊涛汹涌撼青山。

羊肠鸟道为天险，怪石奇岩是古关。

自古以来难济渡，骚人墨客有遗篇。

仓家峡

遥望连山出远天，萦青绕白漫无边。

劲松碧翠千岗秀，紫桦葱茏百谷妍。

灵雀喈鸣榛莽里，雄鹰鼓翅白云端。

遨游不知夕阳坠，暮色无语送客还。

水　峡

窈窕长峡罩紫岚，万千美景任君看。

鲜花娇艳迎人笑，芳草芊绵对客欢。

峻岭苍松凝碧翠，高峰白云似危冠。

河山壮丽钟灵秀，辽阔幽深寓妙玄。

送别途中

蒙蒙细雨暗关山，送别妻儿五内寒。

仰望青山凝惨淡，俯瞰碧水泻痛酸。

今朝别去何时见，他日相逢更渺然。

身陷笼中难自在，未来生死信难占。

注：1962年深秋，妻与儿女由夏塘返西宁，我夏塘送至八宝镇，沿途恰逢蒙蒙细雨，山色暗淡，河水呜咽，加深我们的别离愁怀。

题石壁

身于缧绁恻悲稠，强迫耕耘不自由。

北望祁连笼雾霭，南瞻达坂罩烦忧。

遥思儿女遭饥饿，伏念贤妻日夜愁。

我在夏塘多苦难，全家不幸少粮糇。

注：我在田间管理时，苦念妻子儿女的宁困，五内如焚，在一石壁上题此诗，以舒愁怀。

仰瞻土楼山

宁寿宝塔耸高巅，白杨森挺绿岗峦。

五里丹崖似琼楼，十八洞窟门向天。

彩阁危亭依丹丘，栈道因山相勾连。

行人若在空里动，香烟弥漫笼佛龛。

兹山开辟在后汉，星移斗转两千年。

二邓先哲留盛事，吾辈有幸可仰觇。

风雨不老土楼山，万千往事一史篇。

江城子·青沙山

满山金露满山黄。岭青苍，鹭飞翔。芳草萋萋，更绿透峦冈。燕雀翱翔蝶乱舞，高山景，胜苏杭。

滩原谷壑散牛羊。野茫茫，尽风光。艳丽青山，宛若是天堂。游客驰骑贪美景，情欲醉，意如狂。

注：此青沙山在青海湟中群加乡之东。以新诗韵填词，故词中入声字分别

归入平上去等声。如"蝶"字平水韵作入声叶韵，此处作平声用。

水龙吟·黄河

黄河受阻西流，波涛汹涌拍峭壁。急湍怒卷，千堆白雪，声如霹雳。两岸悬崖，崔巍对峙，壮若飞翼。望河山壮丽，无穷俊秀。看满濑，心寒栗。

曲绕河南县境，纳河溪、奔腾无憩。长沟草茂，滩原嫩绿，柏杉翠碧。散漫牛羊，云奔骏骦，游人驰骑。睹山花，绚烂如霞绮，景幽无比。

注：黄河受西倾山之阻拦，由甘南藏族自治州的玛曲县流入青海的河南蒙古族自治县境，环绕县南部的柯生、多松、宁木特等乡，向西流入海南藏族自治州的同德境内。这段黄河长约90公里，两岸多悬崖峭壁，水流湍急，地势险阻，落差较大，宜于水力发电。此词押韵较宽。有的地方平仄不合词谱规定。

李宜晴

秋　兴

秋从何处起？宛转入人深。
古砌留黄菊，空斋鼓素琴。
常怀三径趣，独有百年心。
翘首斜阳外，相将烟水寻。

移　松

物性同吾性，炎寒阅岁芳。
亦如青翠色，定在水云乡。
暂取栽池沼，还期做栋梁。
呼童勤灌溉，相对莫相忘。

秋　景

四时秋最好，延赏及兹辰。

野水明于镜，寒花淡似人。
天晴消寒雪，风劲扫边城。
独居他乡客，流连光景新。

飞石崖

崎岖何大险，立马不能前。
径仄人声续，崖崩鸟道悬。
黄河秋涨雨，紫塞晚凝烟。
咫尺家园近，霏微望眼穿。

月夜赏花

潇洒微凉夜，徘徊兴不穷。
鸟归嘉树外，春在小墙东。
酒醉仙人月，花开少女风。
吟诗无谢朓，幽赏与谁同？

梦母

孤馆风欺枕，荒城月作邻。
醉忘身是客，梦认母为人。
绵邈山河隔，从容笑语亲。
寒宵霜露满，感触倍伤情。

立秋夜渡河

星斗翻从水底悬，一篙撑碎水中天。
急需飞渡鱼龙夜，莫让秋风到客先。

雨阻湟水

两度涉川经险阻，河梁搔首漫踟蹰。
烟凝大麓家山隔，波撼荒村客梦孤。
自是宗途怜阮籍，不因歧路泣杨朱。
何年斗室藏身稳，常伴床头酒一壶。

南乡子·凭吊某地战场

远水映斜阳，长短亭前舞叶狂。千里征人回首处，茫茫，一片清
波空断肠。

马更丝缰，宝剑金戈耀月光，画肖无声习斗冷，荒凉，残垒依稀
旧战场。

湘月·征夫

胡沙万里，叹半生蓬迹，几年征策。立马斜阳回望眼，国耻何时
能雪！塞雁掠云，昏鸦集树，鼙鼓声声歇，河山百二，一时都付啼鸪。

几处行幕炊烟，苍凉夜色，云暗天仍阔。未扫狼烟归不得，谁赏
中秋明月。摩剑龙吟，枕戈虎啸，壮志犹轰烈。何忧何惧，满堂多少热血。

减字木兰花·剑门关

峭峰峻峙，双剑划开云万里。雁字难排，恐碍翎毛怕去来。
苍烟孤木，飒飒秋风催暗谷。要隘千年，莫道雁门雄百关。

苏幕遮·寄外

恨千般，愁几许。怕对黄昏，怕对黄昏雨。着意留春春不住。欲
问看春归，欲问春归处。

懒金弦，佣凤谱。暗把归期，暗把归期数。目断天涯芳草渡。唯有相思，唯有相思苦。

苏幕遮

曲栏杆，深院宇。一夜潇潇，一夜潇潇雨。云外数声雁语。难寄闲愁，难寄闲愁去。

对孤灯，怜羁旅。梦遍天涯，梦遍天涯路。衰草荒烟秋色暮。唯有离情，唯有离情苦。

点绛唇

独坐凝思，双眉攒得愁千缕。芳情如许，自共流莺语。

双雁未归，春色行将暮。销魂处，垂杨几树，不系游人住。

点绛唇

倦绣停针，画楼掩映垂杨柳。莺声如溜，似把人相逗。

欲寄相思，莫个双红豆。君知否？韶光似旧，只有人消瘦。

赵宪和

西湖游

西子丽容天下扬，骚人墨客竞华章。

吾游此地无佳句，唯有烟花伴梦长。

伫立青海湖亭

伫立彩台眸远眺，画船轻荡泛烟波。

欲倾西海三江水，人世怨愁尽洗磨。

湟水秀色

湟水滔滔情韵长，烟波浩渺接三江。

云霞蓊蔚苍天远，岸石嶙峋碧浪扬。

林绿莺翔啼树暖，谷幽蜂舞颂花香。

青山排闼惊涛处，乐邑健儿吟八荒。

凤山远眺

斜径盘旋上翠峦，登临环顾景尤妍。
红崖肃立裙纹皱，湟水湍流桥石连。
楼厦耸天摩汉斗，蔬桃铺地茂山川。
眼前佳景难描画，临此诗仙亦咏笺。

仓峡翠色

峭壁峥嵘神鬼削，流泉漱石水淙淙。
松摩银汉烟岚绕，蝶戏香花雀雉鸣。
极目八荒云海远，望崖千丈峡溪清。
层峦雨霁虹霞映，登顶放喉歌大风。

中流砥柱

神雕鬼斫是何年？风雨频磨质更坚。
霞蔚云蒸亭焕彩，涛飞峡啸柱流丹。
飞来巨石镇河伯，进往飙轮迎富源。
米芾临湟曾拜否？登亭摘斗静中参。

　　注：清康熙时，西宁道台（参政）刘殿衡，在青任满赴京宿老鸦城，见鲁班奇石，联想宋·米芾即米颠，酷爱天下奇石，因而挥笔书"米颠拜否"四个楷书字，托人刻于石上。

水峡奇景

山峦陡峭谷葱茏，霞照奇峰烟绕嶒。

溪泪潺湲濡翠树，鸟鸣喈洽闹春风。

岩峣石佛酿醇液，窈窕峡仙描锦屏。

难得清闲游此处，神怡心旷涤烦情。

央宗幽景

绝壁旃檀托雪峰，云霞烟雨洞禅封。

牡丹花蕊三贤住，梵宇森宫一径通。

玉洁崖奇石怪异，鹰翔溪碧树葱茏。

央宗圣地悠然景，清静幽深胜武陵。

痛悼邓复瀚老师

昨夜天空星月暗，神州何处觅师尊。

粉尘飞染鬓毛白，桃李芬芳华夏春。

废寝忘餐勤化育，呕心沥血葆情真。

杏坛声誉千秋在，绛帐哀哀痛悼魂。

步吴栻先贤《红崖飞峙》韵

峭壁摩云接翠微，丹砂岚窦望依稀。

千根殿柱朱明丽，万洞宫楼西陆晖。

冬雪晶莹石壁秀，春风煦暖墀台肥。

翠烟芳草朝阳处，一片歌声云外飞。

七十晋三感咏

生在大山终爱山，寒风冷雨苦艰攀。
修山夤夜冰轮转，运石夕阳钢镐残。
唯有新书常读醉，方能陋巷始高骞。
我虽才谫阿蒙拙，辛历风尘看翠峦。

晚晴书室

老夫闲读坐鸡窗，目眺南山千仞岗。
掬起花香寻妙句，吹开云翳得新章。
飞虹常作家中客，明月堪为夜里裳。
雅韵清茶一盏酒，餐霞临帖沐斜阳。

咏 雪

冰封万里岭苍茫，柳絮缘何夜映窗？
松历霜侵呈傲骨，梅因谁弄发清香。
不知庭霰随风舞，疑是梨花寻众芳。
晨起推枕飞粲蝶，迎春瑞雪绿千岗。

彩陶流芳

残片寻奇登柳坪，心随青史解迷蒙。
滔滔湟水钟灵秀，郁郁柳湾留古情。

石斧纹壶光禹域，彩陶瑰宝耀威名。

农耕诠释频回首，绿柳啼莺传远声。

鸣沙山·月牙泉

水曲灵泉彻晓清，奇峰五彩响雷惊。

一湾弓月弦初上，半壁流环玉砌中。

风削山峦尤岭峻，渊通井水逸幽清。

沙泉共处和谐永，坐听金龙长啸鸣。

辛存祥

勉学一首示儿魁

身在长安身益健，自强路上自图强。
乐游莫忘寒窗苦，处世当知途正长。

咏西湖

漫步苏堤望白堤，西湖晴雨水山奇。
骚人异代功千古，留得清波荡碧漪。

偕伴弄琴

飧罢携琴出府游，陪邻偕伴弄弦悠。
归来闲坐细思量，世上知音能几俦？

致翕翁

倏然佳节又重阳，三载吟哦共探详。

独酌尤思兄厚爱，唯君唤醒我诗肠。

咏　雪

圣白洁无比，晶莹操乃贞。

飘来唯欲静，融去更无声。

禾木因之绿，花葩赖以荣。

人唯称雨露，谁解汝情诚。

晨　游

吟得舒心句，清晨出府游。

踏歌闻鹊喜，驻足逗伊啾。

眼底春花秀，身旁泉涌流。

欲行方举步，耳畔韵悠悠。

精英颂

一代雄才震八荒，广施宏德润东方。

恩来怨去乾坤改，年少谋奇社稷昌。

受命擒妖赖锋剑，励精图治耀华邦。

鹏飞万里凌云志，泽被平民奔小康。

读魏巍《谁是最可爱的人》

岂有唇亡齿不寒，保家卫国好儿男。
请缨逐寇三千里，携手驱狼一线南。
松骨峰前雄魄显，防空洞里壮怀宽。
奋身蹈火真情在，友结东邻万代传。

重读鲁迅《论雷峰塔的倒掉》

破壁残阳何足恋，雷峰塔倒万民欢。
蛇姑本是钟情女，法海原非慈善男。
水漫金山人尽赞，身葬蟹腹有谁怜。
喜看今日湖舟上，多少娇娘伴许仙。

忆　梦

夜来何处好风光，莺燕双飞绕秀冈。
细语呢喃心有乐，娇音婉转"寿无疆"。
相牵还问终身事，方晓才偕如意郎。
晨醒依稀情缱绻，身边犹觉蝶花香。

悼凤儿

儿去何缘苦忽匆，旦夕音貌觅无踪。
夭殇谁卜年方龀，还舍何期哭稚童。
携弟还防鸡豕害，依门日盼夕阳终。

敝衣淡饭愧调养，常叫儿翁恨不穷。

注：戊午端午后二日，鼠相六岁女儿元凤偶疾而亡。时吾自外县调回方两月余，睹其惨颜不胜悲戚。后屡欲为文悼之，每啜泣不成章。至周年衍成八句，聊以自慰。

古稀抒怀

离合忧欢七十年，于今修得老来闲。

媳贤儿孝偏忙远，欣有荆卿伴起眠。

饭罢聊诗偕赵友，茶余寻乐弄琴弦。

唐虞喜遇逢稀诞，气爽神清悦寿安。

鹊桥仙·咏娥兔探月

彤云托举，飞星报喜，银汉又迎新渡。嫦娥玉兔瞬腾空，直奔向、广寒蟾府。

中华崛起，神州践梦，频顾苍穹天路。定教神话变新奇。令世界、凝眸仰慕。

念奴娇·毛泽东颂

韶山诞圣，降英豪，阅遍湘江秋色。踏破湘赣千里浪，唤醒工农悟彻。首举红旗，高扬镰斧，誓斩千年鳖。救邦真理，是君挥洒申说。

遥想起义秋收，井冈烽火，迎战虐风雪。逐寇驱狼逾廿载，魑魅妖魔全截。日月换天，华夏今雄起，腾飞磅礴。人民欢跃，高呼万岁情热。

毛文斌

黄河晚霞

黄河绕绿川，夕照耀云间。
不说人生老，为霞尚满天。

晨　曲

一夜三春雨，随风潜润绿。
声声布谷催，处处闻蛙鼓。

层林尽染

斜阳照树明，霜叶染群峰。
山气秋尤丽，人间爱晚晴。

朝阳山塔

塔影晨曦沐，风光碾邑增。

由来形胜地，今日更婷婷。

鲁班石

湟水穿三峡，中流石万钧。

狂澜砥柱挽，且作弄潮人。

注：“三峡”乃湟水流经之小峡、大峡、老鸦峡。

裙子山

昔日仙娥降碧云，优游嬉戏此房茵。

临归犹恋人间美，故留百褶石榴裙。

南山冰瀑

巍峨俊俏显奇观，素裹银装挂满山。

无论春秋冬夏日，晶莹帷幕照常悬。

湟　水

古驿平安难忘怀，长天秋水翠岚开。

丹崖如镂高千仞，梵宇翼然绝俗埃。

坎布拉尼姑庵

坎山奇妙暮空空，少有尼姑撞磬钟。

看破世间皆有道，何须黄卷伴宵风。

乐都水峡

春风暖杏红，曲水拥葱茏。

路柳摇幽谷，云峰耸碧穹。

苍松凌雪翠，白桦染芳容。

好景此独有，游人逸兴融。

春到湟水谷地

春回草绿葱，凝雪渐消融。

垂柳迎风摆，桃花带雨红。

滩头鸭戏水，城上燕穿空。

冻解人勤早，耕耘笑语中。

秋游央宗寺

千年古曲宗，坐落牡丹丛。

雪线凌空挂，清流涧底通。

红崖高万丈，碧水叠千层。

赤果红如火，青松倍郁葱。

大通河畔

暮雨朦胧两岸昏，米颠泼墨画嶙峋。

浪花拍岸飞珠玉，大坝拦河跃锦鳞。

峭壁千寻晴驻月，莽林万壑绿撑云。

风光满眼观难尽，幅幅裁来遗故人。

李积祥

赞环卫工人

竹笤惊宿鸟，惫体浴星光。

汗水荡污垢，衷肠化雪霜。

宁将一人脏，也教万家康。

身后乾坤朗，兴邦挺脊梁。

古稀抒怀

华年别梓桑，酷肖浪鸥翔。

武下红鬃马，文登学府堂。

诚心育桃李，血汗洒贫冈。

两脚破山缺，一肩挑雪霜。

春 风

她伴燕飞来，当街吻我腮。

过河把浪卷，上岸将枝栽。

入谷小溪唱，巡园百花开。

自然天匠在，何必怕尘埃。

游水峡

奇峰叠翠白云闲，疑是普陀真有仙。

天赐一座香火旺，禽鸣万树客车喧。

佛山灵草能消病，峭壁甘泉可延年。

坐品忘返山色晚，何日再饮圣泉甜。

朝阳山

旧貌不知何处去，山头雄峙塔和楼。

奇花异木竞姿秀，祥鸟清铃并歌喉。

风舞松柏青嶂翠，湖摇日月碧波幽。

欲知何处是仙境，喜看朝阳逾十洲。

怀念焦裕禄

百姓好官谁不爱，青山桐海念焦公。

一腔热血浇福祉，两袖清风暖民生。

生死沙丘千古颂，德芳大地万年红。

功昭日月匆匆去，留下精神贯长虹。

虞美人·情寄贤妻

贤淑温婉真良母，嫁我多辛苦。相濡以沫度春秋，难去苦来风雨泛同舟。

杏林掩泪勤侍候，憔悴宽衣袖。衣食冷暖注情怀，美玉无瑕天降丽人来。

忆秦娥，致玉树战友

寒风烈。仰天头枕三江月。三江月，金瓯无恙，谁曾横遏。

赤诚无悔献青血。换装又把无言别。无言别，韶华东去，两鬓霜雪。

采桑子·秋

天公着意深秋画，山也金黄。川也金黄。遍地秋成竞散香。

曦和未起人行早，粮也盈仓。果也盈仓。万里河湟驻小康。

江城子·建党百年感怀

征途艰险雨风狂。指挥枪，奋救亡。民解倒悬，故国沐春阳。潜海飞天登皓月，菇云起，国威扬。

鼎新革故战旗张。绝贫乡，庶安康。扫雾清霾，蝇虎难潜藏。继往开来担使命，圆梦路，领新航。

水调歌头·乐都

水秀人杰地，到处鸟声喧。大河咆哮东去，高速架长川。梨果香
飘万里，蔬麦浪推古鄯，楼宇竞苍天。小康驻湟畔，春色满人间。

初心记，长征续，梦须圆。再撸袖子，誓把故土变金山。儿女豪
情万丈，聚力复兴路上，盛世赐天缘。只要人无怠，古地更壮观。

沁园春·抗战胜利七十周年感怀

半壁江山，万里硝烟，日寇暴狂。看神州大地，山河破碎，横尸遍野；
国且危亡。英勇炎黄，同仇敌忾，血染疆场驱恶狼。旌旗奋，吓破东
瀛胆，罪手投降。

人民哀悼国殇，绘圆梦宏图志气扬。笑横蛮安倍，背民参拜；疯
狂抵赖，捞月空忙。当代英明，文韬武略，儿女豪杰尽栋梁。非昔比，
喜东方华夏，铁壁钢墙。

满江红·毛泽东颂

生在山冲，主天下，智能万杰。君不忍，苦难华夏，任人欺割。
壮志暗天寻日月，雄心苦海除灾孽。破恶浪，唤百万工农，炮声烈。

从头越，功卓绝。挥巨手，狼烟灭。救民出水火，掌舵啼血。领
袖长眠黎庶恸，光辉永照环球热。总难忘，念一代英豪，千秋悦。

茹孝宏

下寨梨花节漫吟（其一）

一夜春风梨卉开，万枝千树雪皑皑。
时迁数九寒冬日，甘美软儿招客来。

下寨梨花节漫吟（其二）

万株嘉木玉花妍，树下姣人弄锦弦。
此景只应天上有，今朝凡世有缘观。

下寨梨花节漫吟（其三）

桃杏树头锦绣堆，枝枝朵朵弄春晖。
梨花偏爱一身素，素面朝天大美归。

湟川新景（新韵）

人间佳景觅何处？一道碧波连两峡。

沙果樱桃坠枝杈，麦田蔬圃裹农家。

成群白鹭嬉湟水，夹岸洋槐绽艳葩。

更喜新城拔地起，危楼广厦入云霞。

碾伯巨变（新韵）

翻覆神州七秩年，碾伯巨变见一斑。

大川崛起新城邑，小镇难寻旧面颜。

池上芙蓉花色艳，楼前人众舞歌欢。

媚桥流水随时见，旖旎风光胜浙南。

雨中登蚂蚁山（新韵）

微雨登山神气爽，临巅清霁彩云开。

琪葩嘉木芳菲斗，甬道幽蹊错落排。

木栈悬空逾沟壑，宝阁高耸摩九陔。

远观陇右新容貌，一座秀城入眼来。

夏日柳湾寻古

离离禾稼柳花飏，远古文明寻殿堂。

抟土制陶工艺巧，援毫绘彩匠心彰。

晚间击磬吹埙乐，白日耕田猎兽忙。

难辨阴阳堪镇馆，瀛寰驰誉耀辉光。

注：难辨阴阳，指柳湾彩陶博物馆展出的裸体人像彩陶壶，这件彩陶壶阴阳难辨，至精至美，具有极高的艺术价值，被誉为该博物馆的镇馆之宝。

水磨沟夏韵

水磨沟深栖彩霞，峰峦六月笼青纱。

娇莺恰恰鸣丛灌，玉蝶翩翩舞野花。

溪水绿杨围矮舍，幼梨黄杏挤枝丫。

田间禾稼争繁茂，妪翁陌头话麦麻。

叩访小故宫（新韵）

名寺深山天下闻，胸怀虔敬入宫门。

御碑文字认真览，壁画线条仔细寻。

卯榫柱头惊众客，菩提树下净吾心。

莫言三殿多珍宝，故事传奇垂古今。

赞扶贫攻坚战（新韵）

逐梦奔康使命肩，帮穷匡弱谱豪篇。

专职书记村村驻，京市声音户户传。

求准求精施对策，扶贫扶志扭坤乾。

攻坚战役飞捷报，喜庆欢歌响九天。

乐都社火（新韵）

锣鼓声声漫古城，鳞鳞百戏共纷呈。

龙骧狮跃毛驴跑，舞劲歌欢弦索疯。

渔妇旱船湖面荡，儿郎竹马草原腾。

一溜压轴高台过，玄妙巧奇万众惊。

悼赵宪和先生（新韵）

悄然驾鹤归西去，锦绣文辞存世间。

早岁留心习句读，晚年着意著歌篇。

神州山水托胸志，时代变迁现笔端。

遣韵调声仙界乐，人寰何处觅前贤？

悼陈忠友先生

昔人驾鹤去尘世，故友亲朋忆往贤。

旰食宵衣公务笃，博闻强志识知渊。

民刊掌管心神费，戏曲研究空白填。

旧岁听君诵诗韵，今朝洒泪化冥钱。

注：空白填指陈忠友编著的《乐都民间戏曲》一书填补了乐都民间戏曲研究的空白。

十六字令·春

春。恶疫猖狂冽气氲。中央令，万众斩瘟神。

春。救死扶伤最苦辛。频鏖战，赫赫立功勋。

春。柳绿花繁喜讯闻。羁防续，待到灭魔根。

范宗保

柳湾访古

清风拂柳彩陶乡，稀世奇珍耀祖光。
湟水河湾寻旧迹，南凉邑里数沧桑。
千年遗址成名胜，万古文明进殿堂。
岁月推迁犹晓梦，中华艺术更辉煌。

注：柳湾，即青海省海东市乐都区高庙镇柳湾村，因出土新石器时代马家窑文化的代表——彩陶而得名，为国家级文物保护单位，建有彩陶博物馆。

蚂蚁山公园赏景

蚁山宝塔势穹窿，峰侧青松揽惠风。
北眺武当含翠幕，南望湟水伏长虹。
园丁提帚惊飞燕，镜水垂丝逗稚童。
盛世清平多美景，四时赏咏意无穷。

注：武当，即乐都武当山，俗称老爷山，位于青海省海东市乐都区北郊引胜乡。

秋游朝阳山公园

拾级寻秋满径芳，欣欢胜景在家乡。

朝阳阁上腾云气，八宝塔前盈瑞光。

映日兰亭幽吐艳，临风松坞暗流香。

清眸远眺飞桥渡，湟水古城相久长。

改革开放四十周年乐都印象

砥砺前行四十年，乐都今昔两重天。

河湟谷地云霞绽，文化之乡水墨妍。

圆梦春雷昌福祉，扶贫雨露惠山川。

城乡巨变开新貌，万众欢歌颂政贤。

建党 100 周年颂

风雨红船庆百年，颂歌嘹亮赤旗鲜。

燎原星火耀青史，革命浪潮推俊贤。

壮志移山经世策，中流击水兴邦篇。

勋垂华夏千秋业，四海繁荣国梦圆。

战疫情

嗟惊楚甸疠疵猖，庚子迎春负酷霜。

连地烽烟催战鼓，一声号令整戎装。

军民并手筑壕堑，文武兼施灭疾殃。

静待神州传捷报，须当置酒奉千觞。

青海吟

雪域高原云接天，唐蕃古道景无边。
金银滩上忘归客，日月山关得醉仙。
清晓听钟参塔寺，黄昏饮马话祁连。
三江浩荡出昆岳，一任慈心度万川。

青海长云

谁挽长波入昊天，一舒一卷列群仙。
九霄缈缈霓裳影，万里悠悠紫玉烟。
虽是有形闲着意，犹然无迹自成缘。
若为识得个中味，但向昆仑问太玄。

青海湖寄兴

打马寻芳云水边，景欢犹觉画波前。
湖天一色无涯岸，日月同辉不计年。
痴看鱼鸥翻细浪，遥闻牧笛伴霏烟。
放歌西海多诗兴，把酒吟怀当醉眠。

北川河湿地公园

高原湿地秀娇容，碧水丽城幽意浓。
山色倒悬如彩凤，湖光渡影若游龙。
邀朋赏景堪留兴，煮酒吟诗好御冬。

今看北川新画卷，何须四海觅仙踪。

古城台随感

河湟腹地古城台，忆昔南凉澄点埃。
幽梦寻踪关塞月，清风顾影夜明苔。
欣逢盛世开新貌，值此薰风广聚财。
四个文明齐发展，和谐街道蕊常开。

黄河落鸥

冬日黄河换碧流，青滩素浪落沙鸥。
听涛兴舞嬉风杪，趁晓欢鸣逐筏头。
过客无心思远顾，放怀有意作延留。
当须着力开佳景，自会八方来胜游。

黄河清咏

九曲出昆仑，翠蛟巡厚坤。
云涯随野阔，浪影带沙浑。
贵德开滩地，玉虹盘岸村。
澄澄波色净，隐隐暮烟缊。
白鸟闲鸣和，青鱼自晓昏。
只今安澜庆，不复迅流奔。
犹比江南胜，堪争海内尊。
滔滔千万里，清韵此长存。

郭常礼

读白起传

夺城不计杀人稠，磨砺剑锋向九州。
赵卒入坑杨谷赤，英名只作酷名留。

山居杂忆

出门随处是芳洲，三五相邀勤出游。
泉水煮茶松煮肉，回思兴味过余秋。

次韵小淘诗兼念故人

孤庭长对琴，试拨总无心。
当日喁喁语，此时款款寻。
绮窗余倩影，玉案忆琼音。

唯念千山外，幽怀叹独沉。

夜　思

岁至穷时思未穷，夜阑搁笔望星空。
立身何必虚名累，行事但凭真善通。
窗月影藏文字厚，侪流意寄尺笺工。
闲年几许湖山外，杖履青云唱大风。

悼李逢春先生

遽闻噩耗恸心肠，遥祭唯吟句两行。
睹卷深知诗道厚，失贤难续劝言长。
一钩冷月轩头落，满腹思情笔下凉。
今日怀君何必泪，欣期名德与时彰。

步韵杜甫秋兴八首（其五）

寻奇览胜访云山，身在红桃碧柳间。
香气怡人花艳艳，歌声悦耳鸟关关。
境幽已远沉浮事，心静不蒙芳杜颜。
倘能梅鹤可归梦，谁许一生长列班。

步韵杜甫秋兴八首（其七）

历暑经寒细用功，勤研诗卷记心中。
常吟庭外明明月，亦醉花间暖暖风。

鸿业无存时岁老，高怀逾爱晚霞红。
此身尚有嚣尘事，空羡南塘闲钓翁。

文友雅聚

师友相邀诚可依，诗书佐酒语投机。
清风着意开障幕，丽日临头着彩衣。
万丈豪情难错绝，一身正气岂倾微。
芳华不计随春老，宴罢长歌醉且归。

感事步韵诗一首

频斟玉盏忘风移，素信元知早有期。
同气相邀吟丽句，谠言不惧远高枝。
可怜霜瓦忌红日，常羡雪梅傲冷时。
半世唯存诗箧满，新辞细究付清思。

步舒翔老师韵寄诸诗友

捋薇拾藻信能盟，文字相携倍至情。
好语时从欢处结，灵思每向忆中生。
琴心适寄成新调，兰气宜允作雅声。
愿许鹭鸥同一廓，梅风松雪共嘤鸣。

梨花节赴约有寄

又逢梨白染山乡，绰约琼姿压众芳。

且藉花田行盛事，纷携米酒洗新妆。

有朋共醉忆开谢，题句犹存论短长。

唱尽平生多少梦，一时肝胆任清狂。

注：洗新妆，《唐余录》曰："洛阳梨花时，人多携酒其下，曰：'为梨花洗妆'"。

咏　怀

期同梅蕊诉流年，一阙新辞入素弦。

抱雪不因花艳丽，凌寒亦可志贞坚。

焦桐异响酬知己，真士清谈效古贤。

若得余闲三五子，斯魂巧借哺心田。

拈得"非"字写怀一首

华年虚度向知非，回首宏猷尽已违。

捉笔难书羞己惰，箴言慢待愧人稀。

楼高无处消春恨，月冷时常念旧帏。

愿借春来花一朵，好留蜂蝶趁闲飞。

赵玉莲

乐都裙子山

层层叠锦绯光映，翠草长亭脉脉随。
踏步寻香云点缀，朝阳景色赋诗宜。

沙果（新韵）

鲜红嫩软味甜酸，树下停留赏美颜。
止渴生津功效好，消瘀化滞气疏闲。
香绵馥郁众人爱，物魅低廉老少餐。
日啖清甘晶果肉，身强体健赛神仙。

油菜花

娇小身姿舞嫩黄，千株怒放荡芬芳。

林间原野如金铺，朴实生香写炜煌。

干拌面

幼承慈母悉心教，常忆当年土灶窑。
醇厚亲情长年扯，一盘拌面最逍遥。

乐都小吃疙瘩饭

面团开水调和匆，香豆葱花卷素红。
细嚼慢尝余味长，共欢周末一宵中。

众志成城战瘟神

一方遇难莫慌恐，八面支援情谊浓。
令贯九州击铁剑，遥呼万里舍身冲。
全国老少度寒月，上下官兵血汗融。
众志成城抗妖孽，风霜过后见霓虹。

赞钟南山院士（新韵）

白头奋战攻难关，疫病研究勇当先。
咬定毒株防扩散，国人遇险岂容闲。

雪　景

冰清六瓣舞翩跹，俯首江河作季篇。

瞻顾树前红叶透，闻声松下月弦绵。

夜来秋尽寒风紧，晓起冬临景致延。

明烛流波光影泄，诗情画意笔端填。

十六字令·家

家。孝老尊亲称淑嘉。心存善，福报亦无涯。

琴。云手纤纤奏妙音。声声慢，借韵吐芳心。

棋。全局筹谋观帅旗。深思考，沉稳决高低。

书。墨宝虽珍不择庐。寻芳翰，犹似凤栖梧。

画。秋冬写尽描春夏。山水间，俏姿挥绢帕。（反格）

诗。秋日红装尽婉辞。吟方就，一笑舞风姿。

酒。豪情畅饮伴良友。志气投，诵诗醺醉后。（反格）

花。春晓舒颜布满丫。招人爱，素艳两清遐。

茶。荡漾春波溢彩霞。清香蔓，挥汗采新芽。

十六字令·冬雪

冬。大雪飞扬荡碧空。翩然至，挥笔写苍穹。

冬。猎猎寒风舞劲松。同回首，傲骨立山中。

冬。六角花儿笑意浓。心相吸，梅恋雪情重。

熊国谦

瞿昙寺

绿荫菩提景色长，云根峡谷柏枝香。

物华天宝瞿昙寺，阆苑千年殿自芳。

老鸦峡（新韵）

河湟入鸦口，绝壁蠹晴空。

浊雨翻千浪，腥风下万龙。

班亭开碧水，米石撞洪钟。

攀隘惊天岸，凌霄动月宫。

注：老鸦峡位于青海省乐都区城东 25 公里处。有亭建在河水中心巨石上，相传是鲁班修建。尚有一块翠绿大米石，湟水冲石，发出巨大声响。

瞿昙寺赋

人杰地灵处，物华天宝刹。

洪武方始建，御笔瞿昙嘉。

永乐遣工匠，宣德造楼塔。

皇帝敕谕碑，碑立青海甲。

三罗喇嘛功，和睦彰天下。

照山如罗汉，翼展凤飞涯。

背倚神象驰，势入紫虚霞。

山门先得月，坛前有奇葩。

建筑类故宫，廊院互交叉。

镇宝有三绝，明清壁上画。

眸子如重生，打坐双叠跏。

犹闻古经诵，佛法度千家。

彩绘明初事，异草兰芝发。

转世佛台座，象背云鼓架。

鎏金观音像，七星摺刀花。

斗拱砖木雕，画廊绕椽下。

石雕逼真器，鬼斧神工飒。

月明白塔静，唯闻六字答。

玉树开春讯，红花伴绚霞。

雨霁挂虹彩，鸟飞落檐牙。

河边月桂秋，瑞雪积宝塔。

脉脉清溪响，溶溶平湖纱。

古殿长目望，日月共长霞。

堂前香火旺，信众无征伐。

风调祈上苍，虔诚百姓家。
宝地古今事，声名誉天下。

虞美人·故乡

湟河岸畔东风送，浊浪滔天涌，
情思翻卷漫长空，极目昆仑莽莽九霄冲。
而今又是春风住，紫气千家护，
且观环宇重重楼，美好家园柳绿百花稠。

采桑子·秋回乐都

河湟水畔层林染，草木萧萧，烟雨飘飘，两岸滔滔白浪高。
良田阡陌轻舟远，楼耸云霄，路达天桥，今日都城更富饶。

湟流杏雨

谢彭臻

寄主人（其四）

谈诗恰到酒樽干，闻道何必入禅院。
深山今无高士隐，夫子庄周在眼前。

寄主人（其六）

逍遥未著祖生鞭，不学仲尼咒逝川。
自此携作秉烛游，吟诗狂歌入毫巅。

戏诘主人（其一）

杏坛书院好称王，高谈阔论说老庄。
灯火寥落扶醉归，门前几度费彷徨？

注：知友主人当午邀酒，予诘何不延之夕也，对曰：午则内子出游未归，及晚还归詈骂甚烈，是故弗敢逾越。予笑其惧内如此，戏成二绝寄之。

戏诘主人（其二）

怜君家住河东乡，怕听雷霆愁夜长。
为问师大王教授，绣枕可是凤求凰？

甲午暮春感事遣怀兼示友人（其一）

鹤煮琴焚羊亦亡，何须补牢费匆忙。
歧路暗夜无烛照，归去来兮意彷徨。

甲午暮春感事遣怀兼示友人（其二）

读罢列传胸胆张，心雄也曾比子房。
驽马蹇驴群外看，西鄙伶仃走骒骦。

甲午暮春感事遣怀兼示友人（其五）

夜雨湿风周身凉，珠玑一夜成秕糠。
心灰懒问天晦明，情怯偏怕听宫商。

福神庙

殿宇虽小守苍松，檀香不与院外同。
阒寂无从听禅机，闲学老僧来打钟。

听李成福君弹奏古琴

梓为底兮桐为面，瑶琴纤纤总七弦。
世间雅道亘绝久，偶与朋比睹其颜。
红尘俗音久壅塞，雅乐庶可消忧烦。
四艺千载此为首，三拂一试意泰然。
座上诸子俱屏息，堂前过客移步难。
如临清流泉洗耳，如倚古松风拂面。
倏然急下同逝水，平明骤起似篆烟。
徐疾偃扬得神工，喑哑洪亮出天然。
敛指一泓縠纹平，杳杳故人身形远。
曲高和寡知人少，阳春白雪孰为伴。
事结一身烦恼多，此时百虑烟云散。
欣见古法传不失，何日得闻广陵散？

乐都赋

金城西走百数十里，过老鸦峡之险，地天新开，翠树烟笼，碧水带织，此何若之所？曰乐都兹地是也！依山傍水，百村错落，其民不论男女妍媸，无分稚艾贫裕，泛通礼义，颇谙文墨，此何若之人？曰乐都兹民是也！

两山所挟，麦黍簇绿，一水所涵，人事蕃盛，村以百数，口累万计。南山蓊郁，拉脊一脉，北岭莽苍，祁连余绪。沟谷活水润足，草树葳蕤，尽是丰穰腴人之地；峰岭山道盘纤，鹰鸢环翔，多有寻胜探幽去处。

囊为羌戎故地，充国独领屯田策，初置郡亭，破羌古城，分明海藏首治；此是文明渊薮，柳湾广有史前墓，宏构展馆，彩陶纹绘，端倪人文发轫。

秦汉以降，两晋厥兴，南凉坐一隅为国，初都西平，两迁邅川，以郡都长治，升平安乐，乌孤乃欣然曰："此安乐之都也！"乐都之名始焉。唐称鄯州，列古道要津，宋名湟州，据争锋机枢，立县设卫，政出明清。诸胡迭兴，斗转星移，羯鼓几催，羽檄频传，狼烟辄起，城堞鸣镝，历代兵燹，得免非多。

会人文荟萃，览名迹星陈。昔年冰沟萦回之古道，今朝骑水穿山之通衢。携侣优游之客，听瞿昙古寺一匣梵经，两杵晚钟；嗜文好古之士，看柳湾墓地几处穴葬，万件什器。关帝飞阁，翩翩然翔集雨燕；凤山书院，济济乎雅会耆儒。三老赵掾汉碑，破羌城出土，实海藏仅见；水陆道场绢画，西来寺宝藏，洵华夏罕有。

以乐都之神韵，楮墨未可全逮，丹青曷能尽胜，岂足囊括于佳山秀水之间，高第悬阁之上。夫乐都者，以文名，以礼显，虽裙钗流咸知礼义，是屠沽辈粗解章句。苍髯老圃，农余释锄，大有论文之兴；黄口孺子，学前操觚，早慧文牍绳墨。随时俊才，殆有人哉——谢子元俚言入辞文，焦桐琴碧血襄共和。吴敬亭清诗重镇，八景咏哦，翘楚河湟骚坛；郭世清丹青名手，群鸽描摹，蜚声京渝画苑。

髦士率多，文化恣肆，其风其俗，非旦夕以兴，而千年浸淫，或可致之。迁客骚人，有传道之意，即设绛帐；邑儒乡贤，无亲间之辨，广延后学。斯文之盛，遂鼎足于省垣，乃响绝于外府。

当是时也，构建和谐社会，共创美好乐都。百楼拔起，红墙掩映绿柳；几桥飞架，溪云接连岚雾。广置院圃，沙果透香；遍搭菜棚，鲜蔬滴翠。教育固为乡邦名刺，种植方成兴县台基。

譬一域经济，同几许文脉，其兴也勃焉，其衰也忽焉。振弱起隳，非独使君职事；承文嗣礼，仰赖民众齐力。时代风流，当延硕儒名贤，再赋锦绣文章，吾其待之；桑梓福祉，尚俟良吏嘉商，更创实绩伟业，吾其待之。

注：

①屯田策：汉神爵元年（公元前 61 年),赵充国为保长治久安向朝廷提出"罢兵屯田"的建议，率兵在河湟屯田戍边，开发边疆，开了屯田的先例。

②破羌古城：汉神爵二年设破羌县，治所在今乐都老鸦城。

③邈川：今乐都湟水南岸，宋时称为邈川。

④乌孤:姓秃发氏，河西鲜卑人，公元 397 年称西平王，建立南凉割据政权，399 年酒后坠马身亡，在位 3 年。

⑤冰沟：在今乐都芦花乡境内，1925 年老鸦峡未开通前是青海通往东部各省的主要通道，明朝设有驿所，并筑冰沟城。

⑥瞿昙寺：明洪武皇帝敕建，在今乐都瞿昙乡马圈沟口，建筑仿故宫样式，典雅壮丽，并藏有精美文物珍品。

⑦谢子元：(1862-1926 年）名善述，字子元，光绪十一年拔贡，有《谢善述诗文集》传世，其所做俚言诗文，记人事灾害、民情风俗，广为传播。

⑧焦桐琴：(1886-1920 年），保定陆军军官学校毕业，入同盟会，积极为革命奔走，在四川黄浒旗战役中阵亡，熊克武为其题墓，刘伯承元帅是其同窗，订有金兰之交。

⑨吴敬亭:(1740-1803 年），名轼，乾隆年举人，有《吴敬亭诗文集》传世，著述甚丰，诗名尤著，为吴镇等当时名家所激赏。

⑩郭世清：(1915-1968 年）青海著名国画家，曾受教于徐悲鸿，傅抱石、张书旗等大师，是青海现代美术事业的开拓者，以花鸟为最擅。

⑪绛帐：授课讲学的场所，典出自东汉马融。

⑫鼎足：省垣善文墨者，乐都人士居多，故作此说。

⑬使君：古时地方行政长官的尊称，此处借为今用。

⑭桑梓：家乡。

李永新

石藏丹霞

仞崖剑壁立苍穹，百态争艳河北峰。

柏树万古兰蕙绿，碧血染成独自雄。

岩台仙境有奇葩，冬夏光分各不同。

人间佳胜均无愧，丹心开作自天工。

瞻仰西路红军纪念碑

战士觉醒意志坚，镰锤挥舞戈壁滩。

战旗闪耀指航程，军魂威壮传万年。

党史学教悟思想，心潮慨当情正酣。

党徽佩胸志凌云，老骥誓言犹少年。

西海飞尘

张掖前天卷沙莲，西宁昨日舞尘天。
一宿柳叶满街飞，五里车灯瑕瑜难。
青唐圣地雪压肩，拱辰冰壁泉溢山。
草原湖海昆仑地，西海投递怎等闲。

飞行玉树

巍巍昆仑任鸟瞰，茫茫草原凭雪冠。
东方航空飞艳阳，蔚蓝穹顶翔藏南。
玉树临风地有情，琼花迎客人皆欢。
三十而立书变迁，四十周年绘绚烂。

游西宁人民公园

禹锡秋词胜春朝，我说白藏穹碧霄。
游鱼未觉湖水寒，柳叶亭前奏琴箫。
几对情侣踏舟欢，数行诗句伴寂寥。
麻雀飞檐舞涟漪，垂钓移境影楼高。

参观西路红军纪念馆

西路红军气贯虹，高歌西进绝昆仑。
决战临高志不屈，血洒戈壁留精魂。
而今聆听斗争史，激扬文字赞英雄。

明理增信君力行，神州辉煌旗更红。

今夜想饮杯烈酒

风舞柳丝黄昏后，星移夜宵酒上头。
电波频传情愈浓，新语共鸣心远游。
人生得一蓝颜足，何虑独处想莫愁。
他日邀饮黄龙酒，时光共话写千秋。

独山行

皖西革命志向坚，腥风血浴大别山。
峥嵘锤炼红一军，英雄举旗徐向前。
而今参阅展览馆，热血澎湃日月鉴。
独山儿女奇壮志，敢叫茶谷换新天。

谢有容

登南山

天地开端新纪元，喜迎旭日跋南山。
似言似笑轻纱里，半敛半羞云彩间。
曙色徜徉青海地，春风劲渡古湟川。
扬鞭催马君须早，再展宏图大漠边。

瞿昙古寺

瞿昙古寺藏深山，暮鼓晨钟六百年。
天下废兴多少事，唯求香火伴炊烟。

河湟之春（其一）

风暖河湟绿海西，浪涛拍岸柳依依。

惊闻腊鼓动天地，布谷竞飞枝上啼。

河湟之春（其五）

赏景行须走天涯，山峦此处绕农家。

暗香沁得行人醉，十里云霞是杏花。

河湟之夏（其三）

呐喊声声赛箭场，威风不减古西羌。

千年留得豪情在，再挽强弓射天狼。

河湟之夏（其五）

登高携侣上亭台，如海苍山眼底来。

此景唯能青海有，乘凉既可畅胸怀。

河湟之秋（其一）

秋风一夜到河湟，麦浪飘香人倍忙。

背灼骄阳心似火，惊雷声里闪镰光。

河湟之秋（其三）

考中捷报到村庄，榜上人家喜欲狂。

烹好猪羊为客用，披红儿女拜爹娘。

河湟之冬（其四）

阳光老叟又来临，谈笑无题说孝心。
自古中华重礼乐，唯忧儿女乱弹琴。

河湟之冬（其六）

家在村边古渡头，木船皮筏忆乡愁。
而今桥路通天下，欲览前程请上楼。

水调歌头·莽原怀古

西海鸟飞乱，霞落雪山头。登临一望莽野，风雨已千秋。遥想风云往事，羌笛牧歌相适，余韵几多愁。榛莽当年地，芳草在天畴。

曾几时，干戈起，弩弓遒。英雄奋勇，挥剑跃马竞风流。大雁飞翔结阵，唤得春来秋讯，壮士卧荒丘，且听百灵鸟，鸣啭好歌喉。

吴惠然

青海湖吟

烟波万顷水连天，海心山寺隐云间。

时而鱼掀千重浪，蜃楼海市见蓬山。

瞿昙文景

南山积雪几千秋，云锁石泉水潺流。

瞿昙钟声惊巴马，古龙洞天含斗牛。

注：巴马，化隆巴燕戎的马。

裙子山

崖形独奇似红裙，褶纹重叠胜天工。

缝剪出自何人手？乐都景中争雌雄。

睹乐都话今昔

昆仑山下海之东，滚滚湟水育人文。
柳湾彩陶先民创，凤山书院清儒耘
关公牌楼凝义气，孔子殿宇启文风。
百年大计树教育，文化之县扬国魂。

谢保和

乐都下寨梨花（一）

云龙虬枝任横空，占尽高原第一春。
下寨梨花遭天妒，夜降白雪压玉琼。

乐都下寨梨花（二）

雪压梨树一时功，枝头犹自暗香动。
白云自知逊花色，宅在山洞无影踪。

乐都下寨梨花（三）

老树新花粉嫩身，今晨新妆待客人。
蓝天衬得姿色好，自是秋来果香闻。

扎碾公路秋景

千岭入新秋，闲云自在流。
绿消甘禅口，红溢扎隆沟。
远树燃天际，惊鸿落苇洲。
金风熏不住，醉意上心头。

暮春登乐都朝阳山

花落春正满，驱车往故园。
东风迎面爽，文友聚首欢。
行路感物华，近乡生爱恋。
朝阳含清晖，气象变万千。
临渊看鱼戏，登高好望远。
情切意气奋，喜上蚂蚁山。
拾级缓步走，青翠荫木栈。
残红被径路，杂英满芳甸。
丁香熏欲醉，鸟鸣深树间。
苍松发红塔，老榆结绿钱。
兰亭纳瑞气，飞阁飘经幡。
城区连大峡，红崖峙云端。
街道四通达，高楼肩并肩。
碧湖如宝石，镶嵌赛螺钿。
宗河波潾潾，青峰幕隐隐。
南山积白雪，寒光射离乾。
游人络不绝，靓女伴少年。
诗家思虑多，凤山有书院。
今日海东市，旧时碾伯县。
湟水流昼夜，故地已清颜！

注：宗河，湟水河古称。

熊增良

高原下寨梨花节漫吟（其二）

古树梨花雪似飞，招蜂引蝶寨中围。

辛勤酿蜜春潮醉，喜悦嘉宾仲夏归。

高原下寨梨花节漫吟（其三）

三月瀛洲玉雨吟，春花烂漫柳遮阴。

君临笑面情歌唱，醉意桃园淑女心。

惊蛰吟

细雨滋生物，微风拂复苏。

春雷声一响，夏日照千图。

嫩蕊胸怀露，桃枝粉饰蒲。

黄鹂鸣翠柳，蜜蝶恋花珠。

地埂农家迹，耕田马畜驱。

柴门关不住，满面绘春摹。

高原河湟梨花情

春风一夜裹银妆，落雪梨花满院香。

俯瞰田园欣艳醉，凝眸白玉悦姿洋。

寒冬乳汁冰凌酿，盛夏甘醇滴液浆。

阅尽人间千万色，情钟百果属家乡。

高原卯寨抒怀

横眸卯寨壑沟贫，纵看山川绿锦茵。

迤逦烟村荆岭峤，蜿蜒栈道壁层鳞。

河边菡萏招蜓立，岸上兼葭诱蝶逡。

故土纯诚何处去，乡情炽热有多真。

熏风拂煦游人醉，细雨滋荣座客新。

若许江南相媲美，河湟旖旎遍朝春。

百年辉煌征程（其一）

红船载誉南湖启，信仰忠诚主义真。

律纪铮铮生命守，纲章句句誓言遵。

神州大地红星照，华夏黎民世代新。

奋斗千秋铭史册，旌旗使命记宗循。

百年辉煌征程（其二）

初心不忘来时路，使命担当旗帜树。

戮力前行虎豹驱，同舟共济黎民驻。

开天辟地九州吟，扭转乾坤华夏赋。

万里东风社稷昌，千秋伟业江山固。

百年辉煌征程（其三）

红旗猎展指船航，铸炼锤镰斗志强。

立党为公担使命，亲民执政享安康。

洪流激荡江山绣，浪遏飞舟社稷昌。

赤子龙腾吟盛世，中华崛起谱新章。

百年辉煌征程（其四）

峥嵘岁月百年稠，历久弥新使命谋。

祖国繁荣兴大地，中华逐梦振神州。

凌云壮志江山绣，蹈海雄宏社稷酬。

翰墨飘香歌盛世，丹心碧血写春秋。

大美青海

大美高原青海启，痴情挚友鸟蜂程。

闻名华夏黄河涌，锦绣江南贵德清。

翡翠湖波光潋滟，丹霞卓尔影纵横。

人间难觅天堂美，世上思寻盛景荣。

青海风光

黄沙拂过八千年，上帝神仙凿洞天。
屹立昆仑山雪月，巍峨卓尔顶风烟。
经幡五色祈峰越，玛瑙千珠祷玉巅。
阅尽天涯辞别苦，三江乳汁最甘泉。

李积彪

望月思乡（新韵）

孤独身异地，仰望月初圆。

廓落人依树，思乡日与年。

初登鹳雀楼

久慕仙居地，初临忆众贤。

昔时人已没，今日韵犹传。

耸宇留莺戏，琼浆助客欢。

只应轻唱曲，恐扰钓云仙。

喜外公佳章发表于《中华诗词》

丹峙牧云闲，湟河钓浪酣。

朝餐同律饮，夜卧共诗眠。

十载编蒲志，一朝佳梦圆。

闲拈成锦句，即兴咏琼篇。

浮沱春日

浮沱美景胜桃源，幽径鸟鸣溪水湍。

云荡樵歌游客醉，桃花迷眼袖星还。

中秋念丽霞

轻风拂岸碧波微，玉镜悬空如昼晖。

最是举国团圆夜，伊人搔首盼羣飞。

杏花村

客到歧亭觅杏花，青帘昂首唤朝霞。

樊川日日流霞品，牧曲流连忘返家。

鹿城与友酌酒十韵

新婚携手笑，共赴鹿城游。

暮色潦帘至，邀朋聚阁讴。

轻别十载过，友谊却长留。

挽袖言宏志，袒裼忆少筹。

盘跌争拇战，捧腹笑春秋。

盏盏金兰契，杯杯壮志酬。

故知酣畅饮，形骸未曾收。

酒已穿肠过，愁即付涧流。

前程须自奋，坎坷莫多忧。

且展鲲鹏翅，同登万丈楼。

念先慈

世众祈福慰母安，奈何陨露落寒泉。

想闻教诲空弹泪，牵梦萦怀念懿贤。

李善国

河湟秋景

秋至家乡蔬果香，地头田间采收忙。
惠民政策人心暖，河湟山川绽丽装。

梨乡秋韵

梨乡秋气爽，田野果蔬香。
丘壑披花衣，湟川荡翠浪。
玉珠枝间笼，村妇采收忙。
盛世民犹乐，欢歌赞小康。

喀喇昆仑英烈赞

卫国戍边男子汉，戎装映雪赛青松。

强风无奈军威震，旗帜应将赤胆彤。
疆域金汤魂铸定，山河壮美他为峰。
但教国宁民安乐，血洒边关亦从容。

梨花应时伴东风

一片幽香未染尘，嫩芽枯树玉堂新。
素花摇曳东风日，皓玉凝枝古邑春。
政策惠民开丽景，党恩浩荡贯新宸。
梨花竞放应天景，滋养田园袭翠茵。

青海医护人员赴武汉抗疫

白衣天使赴江城，辞母离乡去远征。
告别小家为大爱，驰援三镇献真情。
悬壶救世除疬疫，妙手回春保众生。
待到百花开遍日，举觞共庆泪纵横。

乐都南山秦腔

南山深秀育精英，大戏乃今传丽名。
岁月悠悠留古韵，秦腔袅袅胜流莺。
鼓锣铿响歌盛世，弦管齐鸣唱众生，
乡间时光秋最美，狂歌高奏抒新声。

七一感怀

七月南湖波荡漾，先驱妙手著文章。

红船破浪驱迷雾，碧水擎舟去远航。

镰斧劈开天下道，工农联合九州昌，

雄鸡高唱东方白，华夏山河锦绣装。

六一游药草台国际滑雪场

药草葱茏映碧峰，滑场五彩拥青松。

清溪汨汨盘龙绕，芳卉萋萋云凤从。

歌舞升平添丽景，惠民嘉政拓青葑

境由心造皆祥泰，游玩观光喜迎逢。

痛悼袁隆平院士（新韵）

忽闻院士归仙界，日月潜辉百姓哀。

天悲只应陨星落，地颤难将忠骨埋。

杂交水稻誉寰宇，泽被蒸民仰伟才。

仓廪充殷君德厚，田畴万里稻花开。

古都春韵

南凉古邑和风畅，大道纵横车水流。

湟水蜿蜒春剪柳，凤山苍翠耸朱楼。

佳朋聚会和诗韵，墨客挥毫颂鄯州。

嘉政惠民如舜日，青山绿水展啾啁。

鹊桥仙·七夕

雨天显霁，秋荷滴露，湖映楼亭台榭。轻云舒卷弄清辉，碧空丽，彩虹巧架。

澹光映水，云桥聚喜，悱恻诗篇牵挂，鲤鱼游戏见涟漪，谊缱绻，相欢天野。

余大珍

冰沟奇峰

冰沟耸立境奇观，流水西东碧绿山。
破晓云开登顶看，迷人景致彩云间。

中流砥柱

峡亭秀美境无穷，砥柱绝奇在此中。
湟谷凌云烟雨过，风光映现眼神通。

习书有感

美酒十杯醒笔文，清香饮露不涛风。
梦中得句诗无字，醉半挥毫墨有神。

学　诗

岁月飘然转瞬间，悟心常在笔中涵。

闭门觅句非诗法，立志心诚玉砚边。

秋　夜

孤野秋风到，叶黄据地飘。

一轮明月照，万里舜唐尧。

夜静松声远，眼前碧柳高。

忽听山鸟�，紫气满松梢。

中　秋

月静一轮满，风遥万里柔。

山深松翠冷，树密鸟声幽。

花影常迷径，波光欲上楼。

彩云留半壑，明月照中秋。

赏名画

赏心悦目诗书画，心旷神怡笔墨真。

近质远浑为上品，银宣墨洒韵飞腾。

实实幻幻联想趣，洒洒泼泼舞雅文。

八恪传神多画善，空白净化妙云神。

水峡一游（新声）

幽谷青峡碧水滩，山青怡性乐天仙。
远山耸翠花香舞，近水生光鸟语言。
清气若兰山累累，乐清在酒水潺潺。
故人自可常游醉，何必身拘被狗牵。

友　谊

天下知情老更交，常存友谊共舟劳。
一壶美酒同当饮，万事胸中轻羽毛。
入座三杯兄已醉，出门一拱弟而高。
一身正气尘难染，两袖清风圣道豪。

张银德

庚子年元宵节

历有笙歌不夜天，今无火树少丝弦。
中华大难云笼月，斩恶张灯赏彩烟。

瞿昙寺

三罗苦练在官隆，蓝玉恭求书罕东。
部族伏归西海静，洪武建寺故宫风。
七皇敕谕三金印，八鳌钱粮五岭松。
一画双雕光灿灿，高原汉藏乐融融。

四望山今昔（其一）

汉隘秦咽四望山，狼烟战火锁边关。

北依湟水无船渡，南卧悬崖小路盘。

充国伐羌逢扁鹊，钦差修寺葬山湾。

隋炀止步惊神斧，公主停车听杜鹃。

四望山今昔（其二）

舜日乾坤七十年，山披绿被地更颜。

洞桥六线穿山过，电网三排顺岭延。

东望雏城铺锦毯，西瞻古驿换新天。

七旬岁月辉煌史，万里征途一梦连。

乐都沙果

沙果花苞顶部红，叶花同绽季春中。

顽童馋嘴尝青涩，巧月披丹香始浓。

舞芍攀枝寻艳果，白头倚杖享甜风。

人灾虫害随年少，特产濒危不保宗。

庆祝建国七十周年

一响雷霆世界惊，蒋帮溃败遁渝城。

披荆斩棘开新纪，伏虎降狼展胜旌。

奠定民基奔富路，增强国势捍和平。

初心不忘圆春梦，四海联盟斗大亨。

乐都下寨梨花

远望南山琼玉堆，近观李杏竞相开。

东风昨夜访梨苑，素幔今晨裹土台。

嫩叶骄枝清露坠，粉腮俏影暗香来。

家园锦绣开奇景，白锦无纹燕尾裁。

故乡夏景

柳舒草茸近端阳，芍药玫瑰带露香。

麦地风前听拔节，花田雨后赏余芳。

樱桃园内男披网，土豆棚中女拽秧。

卖蒜吆声随暮近，蛙声伴月梦康庄。

钟有龙

老鸦峡即景

滔滔湟水出雄关，砥柱中流矗千年。
古刹青灯藏峭岫，悠悠钟鼓震长川。

武当山偶得

万木苍翠碧连天，展翅雄鹰傲云端。
引胜青川无限景，春光水色醉神仙。

梨乡春早

河湟谷地春光暖，花繁梨香展笑颜。
淡雅清高推雪浪，寨乡迎客万人欢。

梨　花

花开下寨雪堆山，似海如潮白浪翻。

风送梨香迎远客，河湟沐浴艳阳天。

硒岛采风有感

硒岛田园逢美景，吟歌作赋墨飘香。

尊师益友抒怀饮，谷地英才绘锦章。

咏环湖赛

举世情牵国际赛，河湟喜纳五洲才。

群雄有梦夺衫勇，绿色江源尽坦怀。

青海战疫英雄凯旋归

祸起江城瘟疫泛，神医壮举战前端。

临危不惧冠魔退，卸甲英雄凯旋还。

张学林

六十抒怀

漫道人生进甲周，荣归桑梓弹箜篌。
清风明月樽前赏，绿水青山雨后游。
歌舞休闲多自在，勒石弄墨少烦愁。
诗书画印见才艺，草真隶篆写春秋。

徐文衍

药草流泉

拔延黛嶂籁遭空，万壑峡深药水东。

晚照秋山水潋滟，清空夏涧玉流虹。

遥观岭后流川绿，近看山前树叶红。

水漾晶莹林外碧，花开烂漫草葱茏。

铁 缨

小峡雄关

西平高楼倚雄关，万仞险峰备狼烟。
飞龙笛鸣声声频，湟涛浟沏涓涓田。
一桥横卧四方通，三郡交汇百族联。
东行商贾乘银鹰，瞬间已越绥远关。

读铁凝作《哦，香雪》

月下流溪山里人，未见文章已闻声；
十七小丫俏加奇，又感笔下生柔风。
列车载回千世面，一枝红枣向晋秦；
中国河山处处美，但看山泉响叮咚。

登大峡南山

汉时湟峡宋绥远，宗河奔泻洑险关。

岸柳蔽日田畴近，垅蔬接宅绕炊烟。

千仞足下勿惊悚，燧台远矗四望山。

营侯何不留此驻，羌笛终是吹长安。

回乐都古城

杨柳两行道如镜，岂料驱车回古城。

旷野葱茏是吾地，窄谷嶙峋已面生。

飞越一水正汪洋，立步长川无归人。

身心早已投异处，肝胆四十倍惜情。

风天五月菜市荣，一载未至人又增。

山沟农夫汗洗面，关边圃姑笑融融。

莫言往昔道坎坷，忽觉今日政顺民。

能愿天时风雨调，三年五载歌升平。

陈得顺

乐都十景

南山霁雪景非凡，冰沟奇峰擎蓝天。
鲁班石亭锁峡关，红崖飞峙阿房焰。
关帝牌坊巍峨观，药草流泉鸣潺潺。
曲坛神钟震寰宇，杨山一眺新洞天。
柳湾墓葬史灿烂，龙池甘露益寿年。
悠悠山水南凉情，人杰地灵古今传。

冰沟奇峰

冰沟奇峰擎蓝天，鸾凤和鸣南北山。
古城相望两相参，三象聚首镇峡关。

关帝牌坊

重重叠叠垒斗拱，角角落落系钟铃。

玲珑悬挂檐下垂，巨口飞龙背上腾。

一柱亭群巧构成，相扶相缠互牵引。

左右件件皆对称，正侧面面别有情。

南山霁雪

六十一年眼蒙眬，未察南山真面容。

今朝突然视觉新，远山更比近山清。

玉洁冰清无埃天，天色莹莹山蔚蓝。

雪岭横亘镶其间，翡翠鞘藏银剑寒。

日月同辉左右悬，碧野千里尘不染。

喜雨连绵新霁天，南山霁雪景非凡。

注：丙寅之夏，五风十雨。喜雨连绵，忽然夜霁，晨起登高。天朗气清，万里无云。美景如画，赏心悦目，实属世间罕有奇观，记其实。

陈忠友

苍峡翠色

引人入胜恋重峡，层峦叠翠掩藏家。
湍湍溪流溅碧玉，莽莽林海染丹霞。
耳畔时闻山禽啭，眼前尽映路旁花。
直将此地山与水，堪媲桂林甲天下。

远　眺

拾级遥登凤山头，古都风物放眼收。
百褶红裙作锦帐，一带碧水分中流。
远望郊外尽坦道。近看城内皆高楼。
若还待到黄昏后，万家灯火比星稠。

追忆铁进元先生二首

与君结谊四十年，依稀弹指一瞬间。

同为桑梓理稼轩，共在一校执教鞭。

淡泊仕途名和利，乐尝文学苦与甘。

壮志未酬身先去，常教吾辈泪潸然。

慈母辞世十周年祭

春往秋来，冬寒夏暑；慈母辞世，十年倏忽。

别梦萦怀，音容如初；遥望长天，冷月寒露。

回忆往事，我心酸楚；贤哉吾母，一生劳碌。

苍天不佑，壮年丧夫；形单影只，茕茕无助。

抚儿育女，含辛茹苦；不辞辛劳，操持家务。

白日劳作，夜晚缝补；关儿冷暖，无微不顾。

世态炎凉，强咽忍度；尝尽辛酸，谁人关注。

和睦邻里，融融相处；克勤克俭，善良淳朴。

守德守节，品如梅竹；羔羊跪乳，乌鸦反哺。

我等儿孙，当感肺腑；三春日晖，寸草难补。

大恩大德，难以尽述；流水永逝，一去不复。

今辞黄土，慈颜不睹；赖母荫佑，后辈幸福。

儿孙满堂，家风永树；芳草萋萋，山花不枯。

白云千秋，青山万古；谨献此赋，慰我慈母。

林中厚

贺《浪营村志》出版发行

浪营地处延山洼，汉藏兄弟是一家。
和睦相处六百载，亲如鱼水世人夸。
南山积雪毓灵秀，瞿昙英才满天涯。
三载编志数风流，民族团结谱新家。

六十感怀

三十九载时匆匆，只做无名螺丝钉。
弹指一挥愈六旬，知足常乐度余生。
喜逢太平好年景，莫负盛世春光阴。
书报丛中觅乐趣，何须惆怅叹黄昏。

乐都区城

背依飞峙红崖艳，面眺回龙舞蹁跹。

左有鸦峡稳守护，右有西望锁西关。

湟水粼粼穿区过，欢声笑语动山川。

天赐一方风水地，两岸风光诗画妍。

白马寺

近看危哉远看安，古刹坐落悬崖间。

风雨沧桑逾千载，神驹饮水失神山。

登巅鸟瞰眼缭乱，时代梵音显人间。

车水马龙楼林立，绘画图中僧坐禅。

陈华民

乐都赋

湟水钟灵，乐都毓秀。地居青海之东壤，环群峰而中宅，重湟峡而外峙，内屏省垣，衢通八方，揽四时灵气而旖旎，涵千古绝唱而璀璨。拉脊雄峙，势接辰汉，积雪莹晶，俨若银屏；达坂虎踞，岩峰嵯峨，古木云平，含霞饮景。一带湟流，岚拥烟笼，悠悠然入乐都之长川，激湍宕涤山陬，惊涛逐击砥柱，滋灌田畴，繁化殊育，稼禾盛于沃土，林荫掩蔽山野。两岸碧翠，枝叶葳蕤，菽麦千重，果蔬飘香，春华秋实，万物滋荣，山川绚斓，四时娇妍。村舍相望，崇墉栉比，文教昌盛，百业繁荣，险关通途，旧貌新颜。越巅峰而四顾，览名胜于崔嵬：柳湾彩陶、瞿昙古刹、八卦绰楔、西来禅院、武当道观，穿时空之深邃，越千年之雾障，承历史之厚重，彰前人之睿智；南山积雪、冰沟奇峰、水峡仙踪、央宗丹壁、红崖飞峙、中流砥柱，穷大自然之神工，匠心独具，崔嵬崇崇，宛若丹青；若徜徉其间，南山射箭、北山跑马、黄河灯阵、花儿盛会、亭子高跷，恍若眼前，莫不神往。美哉：彩陶之都、瓜果之乡，景胜斯川，游人漫步芳草地，少姬丽人尽欢颜。

夫南凉故国，运地行天，积五千年之炫煌，山川巍巍，气吞河湟，长卷磅礴，光耀华夏。昔开文明于蒙沌，采天地之精华，掬湟水之氤氲，抟土冶陶，纹饰泥彩，草形文字，耕稼织裘，区区河柳之湾，惊现稀世殊珍。肇启于此，长川浩浩风云际会，湟水汤汤流光溢彩。爰剑传稼，拓荒原为田畴；牧人挥鞭，植桑麻于沃土；耕牧湟川，羌笛悠悠。汉置破羌，氐羌归心，翁孙屯田，邓训靖边。一代巨擘，赵宽躬行山野，木牍竹帛流于河湟，弦诵之声播于远近，俊艾崛出于荒僻，立德流范，流芳千古，三老为传播中原文明第一人。秃发立国，建都乐都，戎马倥偬逞雄五凉之际，尊宿儒于朝堂，兴庠序于王庭，开河陇王室贵胄开创国学之先河。炀帝驾游，讲武西平，大猎南山，威服西海。盛唐屯兵，置陇右于鄯州；唐蕃纷扰，起风烟于河陇；边塞烽火，难阻文成和亲辇道；悍将称雄，成就央宗宏佛圣地。宋时风云，河湟激荡，佛子建政，都于邈川；湟、乐建州，政归一统。至明而清，时光荏苒，筑城垣于碾北，建古刹于南山。凤山书院，弦诵之地，玩文澜于灵川，因流溯源；来紫气于凤山，知凤慧生。苦寒之地，庠序遍于山川；学子莘莘，才俊崛出碾邑。一代硕儒吴栻，以饱学奔走河陇，留华章励志后昆，堪称青海乡土文人之冠。

壮哉乐都，盛于当代。昔或郡或廓，亦文亦武，似曾辉煌，或负盛名。然硗苦贫瘠，民生艰涩，豪酋鱼肉，于民水火。嗟呼：长夜漫漫，世道维艰，古邑生民哀哀翘首，以盼甘霖。一唱雄鸡，玉宇澄清，万众笙歌，欢庆新生。更喜三十年前，乘改革开放之东风，举经济发展之伟业，创新发展，乐都新姿。科技领先，蔬果葱茏茂繁山川；强县之举，机器鸣旋业兴湟畔；险关通途，车流滚滚疾驰天路；旧貌新颜，琼厦栉比古城秀色；治穷致富，城乡统筹共创小康；治理生态，荆棘繁茂山川竞秀；民族团结，廓天尽显祥瑞之气；政通人和，大地犹张和谐之弦。陶之乡、凉之都，唐之镇，逢盛世而图强。青山巍巍，湟水汤汤，张科学发展之强弩，举全县之力，开拓进取，加快发展，明天之乐都，定是欢乐之都！

原子城赋

夫湟水源头，金滩银滩。崇岭之清泉汩汩，溪流纵横而潺潺。繁花碧野，芳草芊芊，牧人挥鞭，牛羊恬漫，锦帐如织，游人神放而情逸闲。一城崛起，楼厦栉比，高原尤添胜景，风光旖旎堪流连。嗟乎，漫步斯土，心潮逐浪，不觉遥思前贤。

昔峥嵘岁月，风起云涌，国运维艰，伟人扼腕。领袖挥毫，千里运筹，将士征程，根扎荒原。飞雪漫漫蔽山陬，西海奇寒浸征衣，狂沙摧毡帐，饥馁困甲士。历艰辛，砺万难，将军临风，气冲霄汉；巨擘吟唱，胸怀壮志；婧女飒爽沐飞沙，儿郎豪情斗风雪。破封锁，攻坚关，自力更生，艰苦创业，陋室机器轰鸣，原野捷报频传，"两弹"奇迹，利剑扬威，霹雳一声震寰宇，亿万人民尽欢颜。原子新城，名标青史，"两弹"精神，壮国威而贯长虹，彪炳千秋。

美哉，原子城！历岁月之沧桑，壮华夏之魂魄。数十年过去，沐改革春风，举发展宏业，霹雳化作云霞，利剑永铸和平，西海倩姿，览胜之地，引无数游客感叹，笑语欢颜尽风流。

乐中赋

夫乐中者一中是也。居城垣之西北，赫赫而立，揽四时灵气而旖旎，涵千古绝唱而璀璨。弦诵之地，来紫气于凤山；知凤慧生，玩文澜于灵川。肇启于此，长川浩浩风云际会，湟水汤汤流光溢彩。文教铸牌，效孔孟以德扬；国学览胜，崇儒教而业盛。遂赞曰：河湟之名校也！

美乎壮哉，自梁公炳麟主政乐邑，崇文重教，建中学于湟水河畔，文脉延昌，嘉木涌道，儒学建瓴，独树扛鼎。学子奋袂，学海驾风，驱牛而耕砚田；师者渴智，立德流范，甘为灵圃之丁。校训昭昭，学风荦荦。广学而终有为，明辨臻于妙境，推问而至知理，精聚以至神凝。既尊师而重教，崇尚理而成文。名师染翰操觚，旁征据典，辟捷径而诱思；学子问义执经，文隽道永，濡弱冠而趣兴。格物致知，正心诚义；宁静致远，博学笃行；知礼明智，孝老尊贤。参广博之学知，树伟岸之品行；执论坛之牛耳，奔学科之巅峰。青自兰出，苦志三更灯火；红烛焰炽，常伴五鼓鸡鸣。八十载黉门肇造，锲而不舍，慧光熠熠；数万名庠序授业，玉汝于成，福报家国。抒传奇，喜获春华秋实；折蟾桂，欣览鲸遨鹏抟。

美乎雄哉，逢盛世乐邑更张，一中易帜移址，数十年辉煌终成历史，令拳拳学子长存挂怀之心。然文昌延宕薪火熊熊，使无数后学蝉冠弦歌图腾励志。缀麟凤之赞，赋河清之颂。滋兰树蕙，纳菁集英，光前裕后，再铸煌煌。典礼创新，秉操守以展宏图；仪式焕彩，彰学识而成奇观。

王以贵

书道寻梦八首（其一）

中国书法数千年，甲骨钟鼎留遗篇。
秦人通古制小篆，汉碑简书隶峰巅。

书道寻梦八首（其六）

明书中兴生机现，人才辈出胜往先。
祝文唐董张王傅，书风迥异真迹传。

书道寻梦八首（其七）

清分碑帖两阶段，流派纷呈书家繁。
金石盛行精研审，书论著作百家言。

书道寻梦八首（其八）

今朝文光耀艺坛，追梦学子万万千。

师法古贤悟真谛，书道振兴龙腾天。

王以祥

乐在校园培桃李

闻听课铃胜乐曲，紧握朱笔舞新姿。
喜有粉尘飘素纱，乐在校园培桃李。

桃李满天尽欢欣

三十三年挥热汗，浇灌禾苗映云天。
虽今告老离讲台，桃李满天尽欣欢。

复兴中华永不衰

抗战胜利几十载，洗雪国耻展红彩。
而今迈步再崛起，改革开放小康来。
先烈英名世代怀，友谊之花全球开。

科教兴国德为本，复兴中华永不衰。

欢庆歌声绕古城

国庆中秋又增辉，欢庆歌声绕古城。

高层楼厦云林立，新市人民满豪情。

昔日南凉换新貌，湟水两岸四时春。

文化传统复崛起，颂党恩典尽舞龙。

严承章

南山雪

遥望南天一柄锏，不知何仙遗云端。

细瞧远眺似玉山，滢润富贵世世悬。

常年积雪梳冰瀑，风光四季一眼间。

阴阳碾化数百里，乐都人景第一观。

鲁班亭吟

女娲炼石补苍天，自是玉宇静若然。

三千六百将足尽，误余一石遗人间。

鲁翁扬鞭赶千里，百依百顺走崖岩。

唯独此石来不凡，砥柱中流亿万年。

春野情韵《南山积雪》

鹧鸪掠天飞，习习柔风吹。

白雪蜃彩楼，遥天翠华缀。

悠然南山峰，羽鹬竞相归。

天际卧银铜，半天绮彩围。

环麓眸百里，绿涛湧泼追。

茫野金世界，峦蜂迷野径。

更添喜鹊唱，隐隐牡丹馨。

秋收时节

原远千里秋如妆，一片橙黄满眼量。

高天时有轰雷响，农夫急急心着慌。

寅时出工不嫌早，满天星斗眨眼光。

蒙蒙四野蒙蒙亮，合家老幼全员忙。

大爷今已九十整，扶机牵羊行欲狂。

老父脚痛难行走，挪步还得到垅上。

娘亲腿残多艰苦，扶杖还得忙一忙。

暮归明月奕奕笑，山雀归宿梦已香。

时时传来吆牛声，原是翻茬方归庄。

荷月互答论稼禾，谈笑风声乐垅旁。

亦将苦中生新乐，无限诗情盈陌巷。

李天华

渔家傲·深秋

霜降过后秋风怒，菊花凋零杨叶枯。金手拂面从天簌，落叶处，黄金铺满归家路。

远山青黛云烟浮，山溪幽咽鸟踟蹰。寥廓霜天雁声疏，人迟暮，落叶飞尽雪花舞。

青玉案·庚子元宵

玉兔啼破云千幕，又照亮，归家路。火树银花空画图。江城瘟重，元宵月冷，今夜无龙舞。

烟花灯火黄河阵，疏影点点少人去。鼠年恰逢春两度，何曾料想，春锁楼台，寂寞灯无语。

蝶恋花·晚春

桃杏落红送春去，杨柳泛绿，飞絮惹愁绪。望尽田野阡陌处，绿浪淹没春归路。

莺歌燕舞心相诉，菜花黄时，蜂蝶翩翩舞。蝶恋花香云恋雨，醉眼看花花欲语。

江城子·清明

清明微雨引惆怅，泪眼望，心忧伤。野外荒冢，蓬草初露黄。溘然长逝痛断肠，泪如雨，湿胸膛。

跪拜孤坟起念想，亲人样，眼前晃。一生辛劳，点点记心上。一抔黄土隔阴阳，烧纸钱，诉衷肠。

文廷祥

退休抒怀

三十六春瞬间冬，喜获霜鬓归故村。
能得夕阳无限好，何须惆怅近黄昏。

喜春来·团圆

满天星斗月儿圆，全家老小庆团圆。前世缘，爱河生红帆。眉添喜，
盼望艳阳天。

人月圆

忧心不问过往事，夏游水磨沟。溪水清澈，山峦重叠，垂柳拂头。
朝阳初露，风和日丽，峭壁深沟。高原如画，心旷神怡，山乡静幽。

雨霖铃·忆军旅往昔

　　辽阔空域，一望无际，山河壮丽。几忆军旅往昔，亲密战友，作战胜利。银鹰翱翔霄碧，最美是军旅。想当年、长空万里，银燕惊空双比翼。

　　急促人生伤别离，更何况、风云变幻日。太行一别曾记，汾河边、双塔并立。往事如烟，蓦然回首涛声依稀。再回首，军旅生涯，来日桑榆喜。

铁生玉

马阴山

紫气长贯马阴山，巍巍环连托云天。
总怀桑梓淳朴德，游子天涯望乡关。

克欠峡夏景

克欠峡碧融融情，绿被诱人游梦惊。
莫笑道漫人烟少，霞光映红万山容。
一湾碧水飘彩带，满目美景醉客心。
妖娆杨柳依依别，柔情长驻秀色岭。

痛挽父亲

痛心垂首声哀哀，挽灵奠前音容在。

父恩如山情似海，儿心欲碎伏尘埃。

叩首燃祭泪涟涟，拜慕铭志堪鸿燕。

著书扮得河湟妍，德正品端效前贤。

不媚世俗歌正气，奉母敬祖孝行先。

儿孙满堂福未享，蜡炬成灰泪始干。

生傲不屑名利淡，唯留遗著万千言。

哭罢凝望慈父颜，上苍可知吾伤怜？

西海度假村

闲暇乘兴南园林，夕阳如丹醉天云。

近看湖面映波辉，远眺苍山泛红晕。

日月楼亭照画壁，点睛双龙戏珠情。

厂标雄立山势壮，廊亭彩笔雕古韵。

荡舟小湖翻碧浪，南海殿宇香烟浓。

书画苑池红鲤汇，纪念碑耸厂门雄。

青棉长城儿女绣，度假胜境早闻名。

昔日荒丘人烟少，今日胜地客如云。

张正德

桃 花

春光明媚连三月，桃花何故放绽开。
痴情约会谷雨盟，腼腆蹒跚清明来。
不争花魁争风流，落英欣慰子满怀。
春华秋实不虚度，以了此生相思债。

牡 丹

富丽堂皇花中王，天姿国色世无双。
独占沉鱼落雁容，玉体尚有暗生香。
和风掀帘出翠阁，婷婷娇娆惊八荒。
好逑君子中外来，以饱眼福聚洛阳。

翠 竹

生性端直骨节坚，不随落叶舞风寒。

欲除人间不平事，恨自是木不是剑。

殉躯捐技做毛锥，伴同纸墨写人言。

善恶美丑俱记载，功过是非留人间。

蜜 蜂

勤劳勇敢小蜜蜂，忙忙碌碌花丛中。

专心采蜜不采花，也为群芳传花粉。

不仿蝴蝶蹁跹舞，卖弄风流玩薄情。

一生尽力酿甜蜜，无私奉献至命终。

陈芝振

纪念诗圣杜甫 1300 周年诞辰

诗圣千秋草堂在，广厦万间风无奈。
感时恨别不复来，家书早有短信代。

咏诗圣
——纪念诗圣杜甫 1300 周年诞

诗圣诗史写唐乱，三吏三别记离散。
大笔如椽诗灿烂，丹心为国史可鉴。

题《冻软儿梨》酒

昆仑蟠宴醉青稞，西海何物能醒客？
碾邑宏都寻妙方，软梨冻酒君可乐。

丝绸之路申遗成功十字鉴略

公元前，一三八，西汉张骞。汉武帝，派遣他，陇西出发。

去月氏，十三年，足迹踏遍。西中亚，西域地，天山南北。

丝绸路，漆瓷道，由此开辟。古印度，阿拉伯，波斯大食。

三文明，古希腊，中国印度。丝绸路，一条线，贯穿古今。

横贯穿，连亚欧，七千公里。其福祉，施沿线，绵延千年。

起长安，或洛阳，跨越陇山。经玉门，过阳关，抵达新疆。

沿绿洲，帕米尔，通向中亚。到西亚，达北非，远走欧非。

出长安，到武威，张掖汇合。去敦煌，必经过，河西走廊。

走北线，从泾川，固原靖远。到武威，补给差，路线最短。

走南线，从凤翔，天水陇西。经临夏，过乐都，西宁张掖。

走中线，从泾川，平凉会宁。过兰州，到武威，路线适中。

习近平，访亚欧，提出陆海。经济带，丝绸路，一带一路。

有中国，哈萨克，吉尔吉斯。结缔约，共申遗，丝绸之路。

相联合，同提交，跨境申请。丝绸路，有廊道，五十四个。

申遗线，分四段，天山南北。中原地，七河地，河西走廊。

零四年，夏六月，二十二日。卡塔尔，多哈城，世遗大会。

丝绸路，中吉哈，申遗梦圆。申遗项，长安至，天山廊道。

遗产点，三十三，中国廿二。河南四，洛阳三，汉魏内城。

隋唐时，定鼎门，明教两坊。汉新安，函谷关，崤函古道。

陕西七，长安城，未央大明。大雁塔，小雁塔，兴教寺塔。

张骞墓，大佛寺：彬县石窟。甘肃五，锁阳城，麦积山窟。

悬泉置，玉门关，炳灵寺窟。新疆六，故城三，高昌交河。

北庭址，苏巴什，佛寺遗址。克孜尔，有石窟，尕哈烽燧。

哈萨克，八遗址，开阿利克。塔尔加，库兰城，阿克托贝。

奥内克，阿克亚，科斯托比。念拗口，卡拉摩－尔根遗址。

吉尔吉，有三处，皆城遗址。碎叶城，和新城，巴拉沙衮。

文化传，旅行热，方兴未艾。西东方，文化间，交融荟萃。

睡毡房，骑骏马，体验游牧。长安城，夹肉馍，原始吃法。

吐鲁番，烤羊肉，新疆特色。中细亚，汗血马，日行千里。

增友谊，通融合，促进文明。促发展，带经济，崇尚和平。

大漠茫，孤烟渺，驼铃悠扬。织纽带，搭平台，丝路共享。

附录

源远流长　花繁叶茂

——乐都文学概述

茹孝宏

乐都历史悠久，人文底蕴深厚，文学源远流长。

距今 4000 多年前，乐都柳湾先民创造的以精美彩陶为代表的史前文明，于 20 世纪 70 年代惊艳于世。柳湾出土的石磬、陶埙等古老乐器证明，那时的柳湾先民就有音乐活动，而在诗、舞、乐合为一体的原始社会，有音乐活动，就必定伴有诗歌及舞蹈活动。可见，那时乐都的柳湾先民就有以诗歌抒情娱乐的艺术活动。

汉武帝元鼎六年（前 111 年），汉军进驻湟水流域。汉宣帝神爵元年（前 61 年），后将军赵充国进军湟水流域实行屯田。神爵二年（前 60 年），汉王朝在今乐都设浩门、破羌两县，其中浩门县治所在今乐都东北境内，辖境大体包括今乐都东部和甘肃省永登县八宝川一带，破羌县治所在今乐都城区西，辖境为今乐都中西部地区，两县均属金城郡（治所在今甘肃省兰州西古城）。乐都被正式纳入大汉王朝版图后，就不断受到汉文化影响。据 1940 年出土于乐都高庙镇白崖子村的《三老赵掾之碑》记载，曾扎根乐都、被浩门县县令兰芳拜授为三老（掌管教化的地方官员）的赵充国六世孙赵宽，在乐都东部地区兴办教育，传播儒学。他的学生有百余人"皆成俊艾，仕入州府"。这百余学生中，肯定有擅诗善文者，只是史料匮乏，其作品无从查找。该碑没有镌刻撰书文和立碑者。撰书文和立碑者也许是赵宽的后人，也许是赵宽的学生，不论是谁，该碑碑文可谓难得的汉代时期的散文佳作，也是乐都乃至青海地区最早的文学作品。

东晋十六国时期，南凉国以乐都为首都，开馆延士，兴办儒学，大力吸收汉文化来发展自己的文化，使汉文化在乐都再次复兴，自然也培养出许多文学俊才。据史料记载，南凉王秃发傉檀之子秃发明德归13岁时奉父亲之命作《昌高殿赋》，他敏思善文，"援笔即成"，才惊百官，可惜其作品没有流传下来。南凉太府主簿宗敞年轻时撰写的散文《理王尚疏》文辞优美，"文义甚佳"，后来成为文坛大家。

唐代在西部设陇右道（治鄯州，今乐都），为全国十道之一。陇右道以鄯州为中心，共辖21州府59县。地域包括今甘肃省、青海省以及新疆维吾尔自治区的大部分地区。后又设陇右节度使。陇右节度使辖区驻军达7.5万，仅次于范阳节度使辖区的驻军规模，军事战略地位十分重要。这种情况自然带来人口增多，经贸昌盛，"天下富庶者无如陇右"（《资治通鉴》），自然也会促进文化的繁荣和发展。

这样一个鄯州府所在地、陇右节度使驻节地，当为中国西部政治、文化、经济中心和军事重镇。在这里，官员及其幕僚、掾属众多，文人雅士云集。在崇尚诗词、诗歌艺术高度发达的当时，这里自然会产生大量的诗歌作品，正如一位研究陇右唐诗之路的专家所说："鄯州是陇右节度使驻节地，也是唐代诗人创作诗歌作品最多的地方。"尽管文献资料匮乏，他们的作品大都被湮没在历史的烟尘中，但今天我们仍能看到遗留下来的许多作品。如哥舒翰任陇右节度使期间，大诗人高适就在哥舒翰幕府任过掌书记等官职，他的许多诗的写作地点就在乐都，如《九曲词（三首）》《登陇》等。其中《九曲词（三首）》第二首写道："万骑争歌杨柳春，千场对舞绣骐驎。到处尽逢欢洽事，相看总是太平人。"这首诗表现了哥舒翰收复九曲后乐都的人们舞狮欢庆胜利的盛大场面。再如唐代诗人钱起的《陇右送韦三还京》："春风起东道，握手望京关。柳色从乡至，莺声送客还。嘶骖顾近驿，归路出他山。举目情难尽，羁离失志间。"作者在陇右（今乐都）送别朋友，用旅途景色来预测朋友的前景，同时也寄托了自己的思乡之情。再如唐代诗人柳中庸的《凉州词》："关山万里远征人，一望关山泪满巾。青海城头空有月，黄少碛里本无春。"这首诗描绘了驻扎于鄯州（今乐都）的大唐将士内心的真实感受。唐代诗人在乐都一带写的诗，或以乐都情况为题材写的诗，还有崔融的《西征军行遇风》、岑参的《胡笳歌颂颜真卿使赴河陇》、杜甫的《奉送郭中丞兼太仆卿充陇右节度使十三韵》、刘方平的《寄陇右严判官》、长孙佐辅的《陇右行》、周朴的《塞上曲二首》第二首等。

宋元明清时期，乐都皆为"军政要地"。明代先后设碾伯卫，西宁卫碾伯右千户所，清雍正年间设碾伯县。

作为"军政要地"的乐都，宋元时期到过这里的文人学士也不少，受战乱等影响，虽然保存下来的文学作品不多，但至少能找到一些内容涉及乐都的诗歌作品，如宋代梅尧臣的《送王景彝学士使虏》、文同的《收复河湟故地》、岳珂的《下诏复河湟》，元代马常祖的《河湟书事》（二首）第二首等。

明清以降，到过乐都的文人学士则更多，他们创作了不少描绘乐都山川风物或感事抒怀或应景应时的文学作品。其中诗歌作品如明代嘉靖二十二年（1543 年）进士胡彦的《碾伯道中》："塞外不受暑，入秋风飒然。日高犹长绤，雨过却装绵。绝巘霾幽磴，悬崖吼瀑泉。哪知尘世里，别有一山川。"这是作者任御史期间来青海视察茶马事务，途经碾伯（今乐都）境内时所作，诗中描写了秋季乐都的自然风光和风情民俗，表达了对这里"别有一山川"的感叹和赞美之情。再如明代万历四十一年（1613 年）进士蒲秉权的《阅边宿瞿昙寺》："香刹庄严甲鄯州，湟西净土此堪游。烟笼宝箓蟠蝌蚪，风动旛幢醒钵虬。贝叶朝翻云满阁，部笳宵吹月当楼。好将一滴杨枝水，洒濯边尘慰杞忧。"这首诗是作者任西宁兵备道时巡边到乐都，游览瞿昙寺并夜宿于此而作。诗中形象地描绘了瞿昙寺庄严华美的建筑风格，并表达了祈盼西陲安宁的情怀。再如清雍正六年（1728 年）任碾伯县令的张恩的《南楼远景》："谁言荒僻是边陲？酷爱南城会景楼。远岫孤标晴亦雪，长桥稳渡陆如舟。浪浮燕麦川平面，烟簇蜗庐柳罩头。一幅画图看不尽，雄文碑版吊千秋。"这首诗形象地描绘了从会景楼（即南楼）上看到的景色及张仲录的碑文。再如清乾隆年间任西宁道按察司佥事的杨应琚的《乐都山村》："巨石斜横碧水涯，石边松下有人家。春风不早来空谷，四月深山见杏花。"这首诗以疏笔淡墨描写了乐都山村的田园风光，清新优美，妙手天成，广为称颂。

散文作品如明代兵备副使范瑟所撰《创建定西门记》、明代进士陈仲录所撰《碾伯会景楼记》、明代举人李完所撰《重修城隍庙碑记》、清代杨应琚所撰《重修碾伯县文庙碑记》、清代碾伯县知县冯曦所撰《凤山书院碑记》等，都是优秀的散文作品。

其间客居乐都或过境文人学士留下歌咏乐都作品的还有明代的何孟春、包节、冯如京、姜廷瑶，清代的寂讷、斌良、张宪镕、何泽著、贾勋、来维礼等。

如前所述，乐都办学时间早，所以到清代时除大量的私塾、社学、义学等教育形式外，也有了很正规的书院教育，在多种形式的教育培养下，这里耕读传家蔚然成风，加之受客居和过境文人学士的影响，清乾隆年间至民国时期，乐都的一批本土作家已成长起来，他们依次是吴栻、傅咏、钱茂才、唐世懋、谢善述、赵得璋、李生香、萌竹、谢铭、李绳武、陈希夷、李宜晴、段生珍等，他们卓有成效的创作刷新了乐都文学的历史，撑起了乐都本土文学的一片天空。在这些本土作家中，以吴栻、谢善述的创作成就为最高。

吴栻（1740—1803，字敬亭，号对山、怡云道人、洗心道人，清碾伯县即今乐都人）于清乾隆、嘉庆年间，与狄道（今临洮）吴镇、秦安（今天水）吴登诗文齐名，故将他们三人并称"甘肃（当时青海属甘肃省）三吴"。他在仕途上不得志，大半生奔走于河湟地区，就馆教书，以馆谷养家。终因病愁困顿而死。吴栻存世的诗文，由其玄孙吴景周于2000年整理、校订、注释、标点，并加上他撰写的《吴栻传略》和《吴栻年谱》，集结为《吴敬亭诗文集》。

吴栻存世的诗文，数量之多，内容之丰，在历代河湟文人中绝无仅有。《吴敬亭诗文集》中的大部分作品或谈禅悟道，或演绎易理，或描景状物，或模山范水，就在这云诡波谲之中，寄托着对社会的认识，对人生的感悟，对美好生活的憧憬和希望。

《青海骏马行》是吴栻诗歌中传颂最广的诗篇，这首诗用赋、比、兴的手法，敷陈其事，寓言写物，因物抒怀，讴歌了青海骏马英姿非凡、踏云荡霞的神奇形象，借以抒发纵横驰骋的抱负，怀才不遇、壮志难酬的情结。这首诗想象奇特丰富，音调徐疾有度，铿锵有节，在整个清代诗歌中也是"卓然称大家"的。

吴栻的部分诗歌具有鲜明的地方特色。诗人出生于乐都，大半生生活于乐都，对乐都的山水人文有着深厚的感情，他的许多诗赋形象生动地描绘了乐都的山川形胜和人文景观，如《碾伯八景》《翠山赋》等。

吴栻继承了中国传统诗论中"诗言志""诗缘情"之说，主张"夫诗以言志，志之所在，发言为诗"（《自勘录后序》），"兴之所至，随意成章，以舒其情致斯耳"（《云庵琐语》）。他的诗歌多为抒写心志、兴之所至之作。吴栻的四首诗曾入选《清诗全集》。

吴栻散文中的一些应时应景之作，如寿文、祭文等，更是辞采灼灼，洋洋大观，脍炙人口。

谢善述（1862—1926，字子元，清碾伯县即今乐都人）自小苦读萤窗，16岁时应县试、府试均名列前茅，23岁即举拔贡。大半生从事教育工作。早先在民和官亭教授私塾，后任泾州（今甘肃泾川）学正（学官名）、宁夏府宁灵厅教授（学官名）、碾伯高等小学教师等。

谢善述今存其侄谢才华整理的《补拙斋文集》五卷，《梦草山房诗稿》二卷和章回体小说《梦幻记》一卷（二十回）。谢善述生活在清代末期民国初年，他的诗文反映了当时的官场腐败、吏治混乱和人民疾苦。他深谙当地的风土民情，因而为后世留下了许多翔实而又生动的史料。因此，他的诗文具有详史之略、续史之无的作用。

谢善述的创作深受"五四"新文化运动的影响，因而在创作中有意识地吸收乐都南山一带的方言俚语，创作了一批反映人民疾苦、宣扬中华民族传统美德、鞭挞社会恶习的《荒年歌》《劝孝敬父母歌》《戒赌博》等白话诗。这些群众喜闻乐见的作品，至今仍在乐都南山一带传唱。

谢善述于民国二十年（1923年）创作的章回体小说《梦幻记》，反映了人民的疾苦，鞭笞了官吏的专横凶暴。这篇小说用白话写成，不仅是乐都的第一部白话小说，也是青海的第一部白话小说。鲁迅于1918年发表在《新青年》杂志上的白话小说《狂人日记》是中国现代文学史上的第一部白话小说，而谢善述的白话小说《梦幻记》的创作时间比《狂人日记》的发表时间仅晚5年。

谢善述的诗文在当时深受好评，至今乐都还流传着"谢善述的文章赵廷选的字，李兰谷的对联王长生的戏"这样的评说。其中说到的赵廷选、李兰谷、王长生均为清代末期民国初年乐都人，分别在书法、对联和戏曲方面很有造诣。

从吴栻、谢善述留存于世的作品来看，他们的创作也代表了当时青海文坛的最高水平，吴栻可谓当时青海文坛浪漫主义文学的代表人物，谢善述可谓现实主义文学的代表人物，他们就像两颗耀眼的星，闪烁在青海文学历史的天空。

这一时期除吴栻、谢善述外，还有一位重要作家也值得一说，他就是民国中后期在青海文坛闪亮登场的萌竹。

萌竹（1921—1953，本名逯登泰，号尹湟，乐都高店河滩寨人）20世纪40年代就读于上海复旦大学期间，结识"七月诗派"的贾植芳、胡风、路翎等人，并受其影响，创作出了一批诗歌、小说、散文和评论作品，发表在《希望》《西北通讯》等报刊，其中小说《青驴》《大青骡》《炒面的故事》发表于《希望》杂志。

1949年后，乐都的文学事业得到空前发展，一代代作家和文学爱好者不断成长，各类体裁的文学作品不断涌现。萌竹、陈希夷、逯有章、辛存文、李生才、铁进元、许长绿、赵宪和是新中国成立后乐都作家第一梯队的代表人物，他们虽然没有在同一时间段形成庞大的创作阵容，但各自在不同的时间段，以突出的创作实绩赢得青海文坛的关注和认可。

萌竹在1949年前创作一批文学作品的基础上，于新中国成立初期又创作发表了小说《血红的草原》。萌竹的创作成果在乐都乃至青海的文学史上留下了非常珍贵的资料。他在1949年前后创作的小说均受到青海文坛好评。"在当时的青海作家群中，萌竹小说的成就已达到了很高的水平"（《青海当代文学50年》）。

陈希夷（1918—2013，乐都碾伯下寨人）是新中国成立后成长起来的一位本土作家，以创作旧体诗见长。他的《咏青诗稿》（三册）于2002年出版，收入诗、词、曲、赋3000多首。《咏青诗稿》对青海的人文、历史、地理风光等做了详细阐释和尽情描绘，对唤起人们爱祖国、爱家乡的情感具有积极意义。

逯有章（1933—2018，乐都高店河滩寨人）在工作之余坚持文学创作，终有收获。出版有长篇小说《河湟风云》《王府恩仇记》。

长篇小说《河湟风云》以河湟地区的生活为背景，以陆、巨、王、黄四姓人家40多年的经历为主线，反映了青海东部地区的社会历史变迁，揭示了发生在这里的历史悲剧的根源。小说具有曲折复杂的故事情节，质朴、善良、勇敢的高原人形象跃然纸上。《王府恩仇记》

以西部生活为背景，通过描写骆驼客的高原生活与悲惨身世，折射出复杂动荡的社会面貌。小说故事情节跌宕起伏，展示了一幅具有悲壮传奇色彩的西部生活图景。

辛存文（1934—2017，乐都蒲台乡寺沟脑村人）多年在《青海日报》工作，他结合自己的新闻工作，创作的大量报告文学、纪实散文等作品，发表在《人民日报》《甘肃日报》《青海日报》《青海青年报》《中国土族》《民族经济与社会发展》等报刊。出版有纪实散文集《西宁土楼山访古采今录》。

辛存文的创作以报告文学成就为最高，他创作的一批报告文学作品为改革鼓与呼，为时代画像留影，作品所总结介绍的先进典型和先进经验，被省委、省政府在全省推广学习。

李生才于 1938 年出生于乐都岗沟哈家村，毕业于青海师范学院中文系。曾在《诗刊》《青海湖》《西藏文学》《文汇报》《上海文学报》《青海日报》《厦门日报》《瀚海潮》等报刊发表诗歌、散文、评论和小说作品。他在果洛草原工作生活 20 多年，他的作品大多反映涉藏地区风情和藏族群众的生活。20 世纪 80 年代初期，李生才的小说创作风生水起，佳作不断，创作发表中短篇小说 20 余（篇）部，其中中篇小说《靴子梦》获青海省政府首届文学艺术奖。

李生才创作的长篇小说《含泪的云》发表于 1981 年第 10 期、11 期《青海湖》杂志，1982 年 11 月由青海人民出版社出版单行本。这部小说反映了龙木切草原上藏族群众迈上光明大道、告别黑暗社会的曲折历程，刻画了一位善良、正直而又极力拥护共产党民主改革政策的上层头人形象，故事悬念迭生，情节感人。

许长绿 1938 年出生于乐都岗沟七里店村。20 世纪 50 年代后期，他创作的一批诗歌、短篇小说、小小说在《青海日报》《青海湖》《牧笛》《工人日报》发表。后因历史原因，创作中断。1984 年后，他的创作又进入一个活跃期，创作的短篇小说、小小说、散文在《青海群众艺术》《西宁晚报》《青海青年报》《青海日报》《少年文艺》《青海广播电视报》《西部发展报》《西海都市报》等报刊发表。出版有诗文集《长路》。曾获《青海广播电视报》征文一等奖。

赵宪和（1940—2020，笔名赵禛，乐都马营人）数十年坚持对旧体诗的学习、研究和写作，在《西海都市报》《中华诗词》《诗词百家》《诗词国际》《诗词世界》《中国诗赋》《诗词之友》等报刊发表大量诗词作品。出版诗词集《南凉清韵》《晚晴吟草》《赵禛诗词选》《赵禛诗文集》等。

1949年后乐都作家第一梯队中还有蒲文成、谢佐、毛文斌、吴景周、周璋武、林中厚、李养峰、辛存祥、谢培等，他们均发表了一定数量的作品。其中吴景周发表多篇（部）戏剧、曲艺作品。周璋武、林中厚均发表较多民俗类散文。毛文斌出版诗、书、摄影集《海东风光》，书内收入旧体诗80多首。李养峰出版长篇小说《见证沧桑》等。辛存祥发表较多旧体诗。谢培创作的短篇小说《除夕》发表于1972年5月2日《青海日报》，1974年被青海省文联《征文》杂志转载，并被选入当时青海省初中二年级语文教材，在当时的青海文坛和教育界均产生很大影响。《除夕》褒扬了集体主义精神，塑造了一位大公无私的老农形象，在今天仍有积极意义；语言也较有特色，尤其是大量拟声词的恰当运用，增加了作品的审美趣味。

党的十一届三中全会后，不仅第一梯队的作家焕发了创作生机，而且一批新的文学青年在创作上跃跃欲试，并崭露头角，他们是巨克一、高建国、蒲生奎、朵辉云、钟有龙、赵建设等，他们构成了乐都作家的第二梯队。他们除在乐都文化馆编印的内部杂志《乐苑》上发表作品外，也在省、市（地）级报刊上发表作品。其中巨克一在《青海日报》《青海湖》《青海青年报》《瀚海潮》发表了散文、小小说作品；高建国在《青海日报》等报刊发表了散文作品；蒲生奎在《青海群众艺术》《青海文化》等报刊发表了散文、曲艺作品；朵辉云在《青海日报》

《青海湖》《青海青年报》《青海群众艺术》《群文天地》《西海都市报》等报刊发表了散文、小小说作品;钟有龙在《青海日报》《西海都市报》等报刊发表了诗歌、散文作品;赵建设在《青海日报》《青海湖》《青海群众艺术》发表了短篇小说作品。其中,朵辉云的纪实散文《为了幼苗茁壮成长》入选第二辑《青海,我的家园》,出版文集《细雨润秋》《细雨润秋》修订本,曾两获青海广播电视文艺奖;钟有龙出版诗集《乡间歇晌》;蒲生奎除创作一些散文、曲艺作品外,还经常写一些应时应景的寿文、祭文、碑铭等,语言典雅,辞采飞扬;巨克一时有新作品问世,并获奖。

时序进入 20 世纪后期,除第一、第二梯队的部分作家继续在文学的田野上耕耘外,一大批中青年作家如雨后春笋般不断涌现,他们在省内外报刊发表大量作品,出版多部文学作品,获得多个重要文学(文艺)奖项。因有他们的创作,乐都文苑呈现出花繁叶茂果飘香的瑰丽景象。他们的创作代表了当代乐都文学的最高水平。他们构成了乐都作家的第三梯队。现对其中创作成绩突出或比较突出的作家分述如下:

王建民是乐都作家第三梯队中最有天分的一位。早在西北政法大学求学期间,就已经在诗歌创作上初露峥嵘,还荣获《飞天》杂志"大学生诗苑奖"。大学毕业参加工作不久,即告别"铁饭碗","下海"打拼。非稳定的工作和非规律的生活,使他很少有静心写作的时间和环境,但他终究没有放弃文学,没有放弃写作。多年间在《青海日报》《西海都市报》《海东日报》《青海湖》《飞天》《当代青年》《星星诗刊》《诗选刊》《安徽文学》等报刊发表诗歌、小说和评论作品。作品入选《青年诗选(1987—1988 年度)》《你见过大海——当代陕西先锋诗选》《放牧的多罗姆女神——青海当代诗歌 36 家》《2009—2018 青海文学十年精选·诗歌卷》《江河源文存·诗歌卷》《江河源文存·小说卷》《江河源文存·评论卷》。其中的《青年诗选》是每两年从全球华人青年诗人中遴选 50 余位的诗作编辑而成的;《你见过大海——当代陕西先锋诗选》主编沈奇教授在选本序言中说："建民的诗是至今仍不失为前卫或曰先锋的、真正西部味的西部诗，现代意识加古歌情味，那一种反常合道、务虚于实的诡异劲道，如新开封的老酒，啥时喝来啥时为之一醉。"

王建民的诗集《太阳的青盐》入选浙江工商大学出版社"21世纪诗与诗学典藏文库第一辑"。这部诗集以汉字独特的时空架构能力，追索人类文化母题中诗质的人本部分，进行真正的现代考量。王建民以其对汉字的独特理解，在汉语新诗修辞上表现出一种难得的干净和清醒，从而抵达形而上的自由。

关于王建民的理论建设性文章《河湟文学论》,《青海新文学史论》评价说："王建民的理论主张对青海文坛有着深远的意义。他最先提出了'河湟文学'的概念，1989年2月他的长文《河湟文学论》在《青海湖》发表，从理论上比较完整地讨论了'河湟文学'的内洽性与实践的可能性，显示了一种青海文坛上少有的理论的自觉意识。"

近些年，王建民以清末至新中国成立前唐蕃古道、丝绸南路的重要节点之"丹噶尔—西宁"商业圈为叙事时空，进行了系列小说创作，已发表中篇小说《那花姐》、长篇小说《天尽头》等。长篇小说《天尽头》从工匠的银子、商家的银子两套系统考量钱的内涵和外延，似家园叙事，实为"丹噶尔—西宁"商业圈的白银资本历史；历史大背景据实呈现，叙述举重若轻，从而关注人本身，以及在文化碰撞交融之地商业的重要性。在非农非牧的生存境遇中，小说人物的确是一群不一样的男女。至于故事，青海的读者阅读时，故事就在他的文化记忆中；外地的读者阅读时，故事就在他的"远方"里。

马国福是第三梯队中一位年轻而有实力，且在省内外具有一定影响的作家。刚过不惑之年的马国福在《北京文学》《上海文学》《星星诗刊》《青年作家》《雨花》《诗歌月刊》《扬子江诗刊》《散文百家》《散文选刊》《青春》《青海湖》《美文》《黄河文学》等省内外百余家报刊发表散文随笔、诗歌等体裁的作品，其中以散文随笔创作成就为最高。

系《读者》杂志首批签约作家。大量文章被《读者》《青年文摘》等知名报刊转载，多篇文章被选为上海市、天津市、武汉市等多个城市中、高考作文训练题（试题）。作品入选《2017 年度散文选》。

马国福已出版散文随笔集《赢自己一把》《给心灵取暖》《我很重要》《给生命一个完美备份》《无限乡愁到高原》《听心底花开的声音》《在尘世的烦恼里开怀》《你所谓的安逸不过是在浪费生命》等 8 部。曾获孙犁散文奖（两次）、江苏省首届十大职工艺术明星、江苏省年度文学工作先进个人等荣誉。

马国福的多数散文随笔堪称美文，"美文如清风，佳句似佳茗"，在通俗的叙事说理中给人以启示，于精巧的描景状物中显出智慧。他更以一种博雅风范和悲悯情怀，体恤着芸芸众生，也温暖感动着读者。

余聪（1979—2013，城台人，本名海显澄，又有笔名夜梦，毕业于北京科技大学）是第三梯队中一位在省内鲜为人知，而在首都北京具有一定影响的作家，属于典型的"墙外开花墙外香"。他除在天涯社区等网站发表大量散文、杂谈和三部长篇小说外，还在《人之初》《北京青年报》《河北青年报》《新快报》《大学生参考》《涉世之初》《今晚报》《祝你幸福》《中国美食报》《中国电力报》《打工妹》《楚天都市报》《江淮晨报》《湘声报》等报刊发表百万文字。出版有长篇文化散文《一生要领悟的易经与道德经智慧》《孔子智慧全集》，长篇小说《丫头，你怎么又睡着了呢》《你的灵魂嫁给了谁》。

余聪的长篇小说深受北京青年读者的青睐。

长篇小说《丫头，你怎么又睡着了呢》在天涯社区网站连载后，"点击突破 130 万，回帖 12000 多条"。该小说纸质文本的"内容简介"中说，这是"一部让千万'丫头'潸然泪下的温暖感动之作"。

长篇小说《你的灵魂嫁给了谁》在天涯社区网站连载期间，也受到读者好评。该小说出版时的"编辑推荐"说，这部小说"具有相当的文学价值。从行文到结构，从语言到寓意，从环境到背景，都是特立独行、标新立异的。文章不拘泥于男女之间的感情纠葛，也不流于事情发展的肤浅表面，而是通过细致描写医院这个社会大环境下的小环境，从而淋漓尽致、入木三分地表现人物特征和社会现象"。

余聪的第三部长篇小说《北京，爱》在天涯社区网站连载时，同样受到好评，正如一位评论家所说："作者以现实主义手法，深刻揭示了当代青年的成长历程、心路历程。当现实的残酷和人性的光芒猛烈碰撞的一瞬，所发出的炫目色彩，成为这部巨著的独特魅力。"

就是这样一位风华正茂的天才作家，因消化道出血等疾病，医治无效，于 2013 年 5 月 6 日撒手人寰，年仅 34 岁。

周存云很年轻时就跻身青海文坛，20 世纪 80 年代后期，他才二十几岁，创作就已进入活跃期，其后一直笔耕不辍，常有收获。曾在《青海日报》《西宁晚报》《青海湖》《瀚海潮》《飞天》《红豆》《绿风》《绿洲》《黄河诗报》《诗江南》《群文天地》等报刊发表诗歌、散文作品。作品入选《建国 50 周年青海文学作品选·诗歌卷》《中国散文诗精选》《高大陆上的吟唱》《诗青海·2010 年鉴》《江河源文存·诗歌卷》《青海美文选》《2013—2014 青海美文双年选》《2015—2016 青海美文双年选》《2017—2018 青海美文双年选》。诗歌《静坐的日子》被当代作家代表作陈列馆收藏。

周存云已出版诗集《无云的天空》《远峰上的雪》、诗歌二人合集《风向》、散文集《高地星光》《河湟笔记》，其中《高地星光》入选青海省作协编选的第五辑《青海青》文学丛书。诗集《远峰上的雪》获第二届青海青年文学奖、青海省政府第五届文学艺术奖。

周存云的诗简洁凝练，清新俊逸，意境深远。他的抒情散文含蓄蕴藉，贮满诗意；他的历史文化散文既有学者的风范，又有文学的构思和运笔，恢宏大气，洋洋大观。

李永新是一位非常勤奋的作家，他政务繁忙，手中的笔却从未停歇，他尝试诗歌、散文、评论等多种文体的写作，且均有收获。曾在《海东日报》《青海湖》《中国土族》等报刊发表作品。已出版诗歌摄影集《彩虹记忆》《江山如此多娇》《河湟寻梦》《白草台文丛》《李永新文丛》及文图集《极地门户行》。

评论家刘晓林在谈到李永新的创作时说："李永新的出身、教养、阅历，无一不与河湟地区的山川土地根脉相连，这决定了他泥土般质朴、坚实、执着的气质和心寄乡土的情感方式，同时也决定他思考的方向与文字书写的旨趣。"

李永新在担任海东市委宣传部常务副部长、市文联主席期间，创办海东市文学季刊《湟水河》，组织出版了由他主编的《海东情文艺丛书》《海东情文艺丛书 2》《海东情文艺丛书 3》《海东文学丛书》《海东文学丛书 2》。以上几套丛书各卷本收录了海东籍作家、作者以及外籍作家、作者情系海东、抒怀海东的各种体裁的文学作品。

李明华于 20 世纪 80 年代后期步入青海文坛，创作发表了散文诗、散文、小说和报告文学作品，已出版散文诗集《家园之梦》，散文随笔集《坐卧南凉》，中短篇小说集《平常日子》，长篇小说《默默的河》《马兰花》，另有长篇小说《颇烦》发表。李明华以小说创作见长。

长篇小说《默默的河》第一章《党支书与地主女儿的爱情》被2001 年第 12 期《青海湖》选载。根据《默默的河》修改而成的长篇小说《夜》，于 2009 年由《读者》出版集团敦煌文艺出版社出版，并被纳入西北五省（区）农家书屋工程。《夜》通过一个农村党支部书记一夜之间对自己一生经历的回忆，反映了社会变革给农民造成的心理失衡以及由不适应到适应的心路历程，是一部河湟农人的生存史，也是中国农村人生存史的缩影。可以说这部小说是李明华长篇小说的代表作。

长篇小说《颇烦》通过叙写社会转型期农民遭遇的无奈、尴尬和疼痛，给农民这个弱势群体以深度的人文关怀，表达了对一些社会问题的思索和拷问。

长篇小说《马兰花》塑造了一个命运多舛却具有吃苦耐劳、坚忍不拔、忍辱负重精神的河湟女人的形象。她的形象就像绽放在河湟大地上的马兰花，散发着淡淡的幽香。

李明华的作品入选 2010 年《小说月报》"报刊小说选目"及《新中国建立 60 周年青海文学作品选·散文卷》、《江河源文存·散文卷》。曾获青海新闻奖报纸副刊作品二、三等奖。

周尚俊自 20 世纪 90 年代前期开始文学创作以来，一直勤奋有加，未曾懈怠。曾在《青海日报》《青海青年报》《光明日报》《青海湖》《民族经济与社会发展》《文学港》《浙江作家》《延安文学》《西部散文家》《群文天地》等报刊发表散文、报告文学作品。作品入选《2017—2018 青海美文双年选》。已出版长篇报告文学《北山大行动》、长篇纪实散文《乐都人文印象》等。

长达 20 多万字的长篇报告文学《北山大行动》架构宏大，气势恢宏，具有一定的历史纵深感和历史责任感；是真实和真情的融会，是报告与文学的交响，是一部能真正体现报告文学文体特点的长篇报告文学，也是乐都报告文学的代表性作品。

评论家王建民在谈到周尚俊的散文创作时说："我发觉，不遗余力地记录乡村的人文德行，建构一种过往乡村的人文景观，正是周尚俊的创作追求……所以他怀揣笔墨，肩挂摄像器材，不断地上山下乡，还不时组织或掺和进乡间村社的戏班子、社火队、红白喜事、田间地头，去捡拾、临验、体悟那些乡村人文博物馆所需的一情一景，俨然一个古道热肠的老文人的做派。"

周尚俊曾获第四届青海省"德艺双馨"文艺工作者称号、第六届"中国梦·青海故事"征文鼓励奖等荣誉。

郭守先在乐都第二中学读高中时就发起并组织成立了"湟水文学社"，创办《湟水滨》油印杂志，正值青春年少、多梦季节的他和十来个爱好文学的高中同学相聚湟水之滨，以酒酹地，立誓要追念鲁翁，自彼时即踏上一条不归的文学之路，并对追求文学梦想葆有持之以恒的顽韧精神和宗教徒般的虔诚。30 多年来,在《文艺报》《作家报》《中国税务报》《青海日报》《贵州日报》《青海青年报》《西宁晚报》《海东日报》《西海都市报》《河南工人日报》《雪莲》《牡丹》《椰城》《诗神》《奔流》《黄河》《诗江南》《青海湖》《群文天地》《中国土族》《诗歌周刊》《加华文苑》《中国汉诗》《侨乡文学》《时代文学》《文学自由谈》等报刊发表诗歌、评论、随笔等体裁的作品。作品入选《废墟上的花朵——玉树抗震诗歌作品选》《新中国建立 60 周年青海文学作品选·诗歌卷》《江河源文存·诗歌卷》《2009—2018 青海文学十年精选·诗歌卷》《2009—2018 青海文学十年精选·评论卷》《开创文艺评论新风——中国文联第六届文艺评论家高研班评论作品选》《青海当代文艺评论集》等。

郭守先已出版诗集《翼风》《天堂之外》,文集《税旅人文》,评论集《士人脉象》,随笔集《鲁院日记》,文论专著《剑胆诗魂》。曾获全国税收诗词展评二、三等奖,第四届青海青年文学奖、青海文艺评论奖三等奖,第三届全国专家博客笔会优秀奖,《中国税务报》征文二等奖等。

郭守先在诗歌创作、文艺评论及文艺理论研究方面均有建树,尊崇人本主义,倡导锐语写作,作品以思辨性、批评性见长。他的创作极少受流行观念的浸染,既没有无病呻吟的矫揉,也没有追风跟俗的敷衍。他的评论直面文本的妍媸得失,褒贬分明,明快爽利。曾赢得牛学智、李一鸣、刘晓林、郭艳、刘大伟等省内外评论家的高度赞赏。

茹孝宏的文学创作起步较晚,他在《青海日报》文艺副刊《江河源》发表第一篇散文《核桃树》时,已年届不惑,不过其后写作发表都比较顺利。在《青海日报》《内蒙古日报》《中国教育报》《中国教师报》《西海都市报》《青海青年报》《西宁晚报》《青海广播电视报》《环渤海作家》《江海晚报》《鄂尔多斯日报》《海东日报》《青海湖》《黄河文学》《四川文学》《文学港》《华夏散文》《散文选刊·原创版》《中华诗词》《中国汉诗》《天涯诗刊》《文学教育》《金城》《千高原》《东方散文》《文坛瞭望》《群文天地》《诗城文艺》《东北风》等报刊发表散文、评论、纪实文学、旧体诗等作品。作品入选《生命之灯——全国首届"杏坛杯"校园文学大赛获奖作品集》《新中国建立 60 周年青海文学作品选·散文卷》《〈青海湖〉500 期作品精选》《青海美文选》《2013—2014 青海美文双年选》《2015—2016 青海美文双年选》《2017—2018 青海美文双年选》《江河源文存·散文卷》《2009—2018 青海文学十年精选·散文卷》《青海生态文学作品选》《中国梦·青海故事》等选本。

茹孝宏已出版散文集《生命本色》《凤凰坐骑》，文化专著《乐都文化艺术述略》等，其中《凤凰坐骑》入选青海省作协编选的第四辑《青海青》文学丛书。曾获全省"三育人"征文三等奖、全国首届"杏坛杯"校园文学大赛三等奖、青海省政府第五次哲学社会科学优秀成果三等奖、青海省政府第六届文艺创作奖、青海新闻奖报纸副刊作品一等奖、中国散文华表奖最佳作品奖、青海省"四个一批"人才、首届"化泉春杯"全国散文大赛优秀奖、《中华诗词》优秀作品奖等荣誉。

关于茹孝宏的散文创作，王建民评价说："在茹孝宏的散文中，我读出个体生命之善之美之慧的传承，哪怕这些传承曾经处于一个人文困顿、令人不安的时代，同时也读出了河湟地域的厚道和贫瘠。从作家的角度说，茹孝宏的散文提出了一种'回去'的方式，一种质朴的方式。带着一颗厚道的心回到从前，你会发现，你待过的时空并非那么不堪，否则，人类怎么能活过昨天。茹孝宏告诉我们：不论世事如何，人性的坚强总会以他的方式散放辉光。"

蓟荣孝在散文创作上专注深情，并有所建树。在《中国教育报》《青海日报》《青海青年报》《青海广播电视报》《散文百家》《延安文学》《散文诗》《青海湖》《粤海散文》《环渤海作家》《青海作家》《雪莲》《中国土族》《华夏散文》等报刊发表作品。作品入选《新中国建立 60 周年青海文学作品选·散文卷》《青海美文选》《中国西部散文精选·第三卷》《2006年中国散文诗精选》。

蓟荣孝已出版散文集《流淌的记忆》《湟水夜话》。曾获青海新闻奖报纸副刊作品三等奖、全国散文作家论坛征文一等奖。

蓟荣孝的散文含蓄蕴藉、空灵飘逸、语言典雅、辞采灼灼、耐人寻味。

陈华民一直善于学习,手不释卷,韦编三绝,尤其对地方历史文化谙熟于胸。中年以后博观而约取,厚积而薄发,勤奋创作,硕果累累,尤以长篇历史小说创作见长。自出版第一部长篇小说《大山的囚徒》以来,便激情奔涌,一发而不可收,连续创作出版了长篇历史小说三部曲《河湟巨擘》《南凉悲风》《瞿昙疑云》和《鄯州春秋》。

长篇小说《河湟巨擘》以汉代河湟地区汉羌之间"和战"形势为背景,以赵宽曲折而充满传奇色彩的一生为主线,塑造了赵宽深谙韬略、文思敏捷,并由一名武艺出众、勇冠三军的战将,转而成为博贯史略、通晓六艺的硕儒名士的形象。《南凉悲歌》以历史事件为基础,辅之以传说,演义了南凉王国从建立到覆灭的全过程;表现了南凉秃发氏三兄弟深谙韬略、擐甲执戈的英雄气概,以及他们顽韧的战斗精神。《瞿昙疑云》以明代第二个皇帝——建文帝逊国后的历史传说为主线,穿插一些史料创作而成。小说虽然不以倾心塑造人物形象见长,但主人公朱允炆生性柔弱、优柔寡断、刚愎自用、用人失察而导致逊国出逃、客死他乡的充满悲情色彩的形象清晰可辨。《鄯州春秋》以河湟历史为背景,以鄯州为中心,描绘了隋唐时期河湟大地波澜壮阔的战争场面,叙写了文成公主等几位李唐皇室公主和亲吐蕃与吐谷浑的民族和解事件,也描绘了当时河湟地区纷繁复杂的社会状况、唐蕃关系和人物群相。

谢彭臻是一位学者型作家,善于学习,手不释卷,学习之余偶有所感,则欣然命笔,抒怀论道。曾在《青海青年报》《西宁晚报》《青海湖》《群文天地》等报刊发表评论、旧体诗、散文随笔、短篇小说等。在多个文体写作中,以文艺评论写作见长。丰厚的国学功底,娴熟而高超的语言驾驭能力，使他在文艺评论写作中如庖丁解牛，游刃有余。不仅擅长文学评论的写作，还擅长书画评论的写作。他的评论笔锋老辣，潇洒大气。

索南才旦是第三梯队中唯一一位在青海文坛有影响的藏族作家，以诗歌、散文诗创作为主。曾在《西藏文学》《西藏日报》《西藏法制报》《青海日报》《工人作家报》《长江诗歌报》《西海都市报》《青海经济报》《艺报》《中国土族》等报刊发表作品。出版诗集《桑烟升起的地方》《同行三江源》。

索南才旦的诗歌植根于青藏高原的广袤大地和独特的民族风情，有着深厚的生活积累，精神饱满，内涵丰盈，散发着青藏高原原生态气息。阅读他的诗歌，就像伴随着他的咏唱，领略着青藏高原的奇丽风光，体验着浓郁的民族风情。

许正大以诗歌创作为主，也曾尝试过其他文体的写作，但以诗歌创作成绩为最突出。在《青海日报》《青海青年报》《西海都市报》《诗词报》《青海湖》《雪莲》《农民文摘》《中国土族》等报刊发表作品。作品入选文集《青稞与酒的记忆》《2009—2018青海文学十年精选·诗歌卷》、诗歌合集《俄日朵雪峰之侧》。已出版诗集《蓝色的梦》《心灵花朵》。曾获九三学社中央委员会征文优秀奖。

许正大的诗朴素晓畅、真切自然，他眼前的普通事物都能构成诗歌意象，看似随口道来，无雕琢之痕迹，却意蕴丰厚，耐人咀嚼。

李积霖作为书画家，结合书画创作与研究，书画评论写得风生水起，活色生香。偶尔也写散文。已在《青海日报》《海东日报》《群文天地》《文坛瞭望》《邯郸文学》《海淀文学》及青海《党的生活》等报刊发表评论、散文作品10万多字。

徐存秀（笔名秀禾）是乐都女性写作群体中的佼佼者，多年间在文学的田野上默默耕耘，专心致志，心无旁骛。在《青海税报》《青海湖》等报刊发表小说、散文等作品，以小说创作成绩为最突出。她发表的中篇小说《斑斓的夏季》(《青海湖》杂志 2009 年第 7 期),受到青海文坛关注。已出版中短篇小说集《斑斓的夏季》、散文集《长发情愫》。

李天华以散文随笔创作为主,也写诗歌,部分作品与本职工作语文教学有密切联系。在《西部散文家》《中国土族》等报刊发表作品。已出版教研随笔集《品读经典》、散文随笔集《人文探究》、诗集《故乡与远方》。曾获全省"师德、师风、师品"征文一等奖。

李天华的教研随笔集《品读经典》是对经典课文思想意蕴、精神内涵和审美价值的解读和诠释,是一本具有教研价值的随笔创作,也是一本富有随笔情趣的教研成果。

应小青是第三梯队中一个特别的存在。出生于 1985 年的她少年失聪,从乐都六中(现海东市凤山中学)高二退学后,辗转至青海省特殊教育学校就读美术中专班。为感谢南京爱德基金会捐赠助听器,她写的一封感情真挚的感谢信被记者发现后,整版刊登在《西海都市报》上,感动了许多人。此后的二十多年间,应小青笔耕不辍,先后在《西海都市报》《海东日报》《知音》《知音·海外版》《好日子》《博爱》《家庭百事通》《莫愁·智慧女性》等报刊发表了近百万字的纪实特稿和散文,其中多篇散文堪称美文。

应小青 24 岁如愿加入青海省作家协会,28 岁被中国红十字会旗下的《博爱》杂志聘为特约作者,被《知音》杂志陈清贫写作文化培训学校聘为指导教师,线上授课。她创作的歌词《何不快乐》荣获全国音乐少儿大赛金奖;散文《借你耳朵听世界》荣获中国政法大学征文比赛三等奖,该文被数十家报刊转载。

应小青作为青海省优秀的青年作家,于 2021 年被推荐参加了由中国残联和中国作协在上海举办的第二期全国身障人士文学研修班,她用智能电子设备聆听知名作家潘向黎、王蒙之子王山、《青年文学》杂志主编张菁等老师的精彩授课,并受到中国残联吕世明副主席的亲切接见和勉励。

以上这些第三梯队的骨干作家显示出了强劲的创作势头，并形成了以王建民、周存云、郭守先、李永新、索南才旦、许正大为代表的诗歌创作中坚力量，以马国福、余聪、周存云、周尚俊、茹孝宏、蓟荣孝、李天华、应小青为代表的散文创作中坚力量，以王建民、余聪、李明华、陈华民、徐存秀为代表的小说创作中坚力量，以郭守先、王建民、谢彭臻、茹孝宏、李积霖为代表的文艺评论创作中坚力量，以周尚俊、李明华、应小青为代表的纪实文学创作中坚力量。他们在青海文坛都占有一席之地，并产生相应影响，在乐都文学发展史册上也写下了光辉的篇章。

第三梯队中除以上这些骨干作家外，在公开报刊发表作品较多的还有徐文衍、李积祥、张永鹤、蒲永彪、王宝业、辛元戎、祁万强、巨月秀、陈芝振、董英武、熊国学、赵显清、权文珍、辛秉文、谢保和、林倩倩等。其中徐文衍出版文集《心灵霁光》，曾获青海日报"回眸二十年"征文三等奖；李积祥出版诗词集《河湟涛声》，曾获青海诗词大赛一等奖、《今古传奇》征稿优秀奖；张永鹤曾获全省"师德、师风、师品"征文二等奖；陈芝振出版汉碑碑文（散文）研究专著《〈三老赵掾之碑〉释》；董英武出版文集《文明的追寻》；熊国学获青海日报周末版头题征文三等奖；辛秉文出版《青海舞蹈史研究》；谢保和出版诗集《乡间行吟》；林倩倩出版散文集《水落在远方》。还有张银德、马英梅、李万菊、铁生玉、权永龙、范宗保、熊国谦、盛国俊、李天林、郭常礼、王以贵、熊增良、马忠麟、巨月秀等也坚持写作，并发表了不少作品。他们为乐都文学百花园增添了更加多样的色彩。

另外，在全国新文艺群体崛起和发展势头锐不可当的大背景下，除上文说过的余聪外，乐都的一大批网络写作者也应运而生、渐渐成长。他们年龄多在 50 岁以下，其成员主要有朱丹青、李巧玲、张长俊、赵玉莲、李桂兰、李炜、贾洪梅、袁有辉、杨春兰、应小娟、盛兆寿等。他们中的大多数先在一些网络平台发表作品，磨砺笔锋，然后再向纸质媒体投稿，如朱丹青、李巧玲、张长俊、赵玉莲、李桂兰、李炜、袁有辉、贾洪梅、杨春兰时有作品见诸报刊。

朱丹青（本名朱琴玲，女）是乐都网络写作者中最突出的一位。她除在《青海日报》《青海湖》等报刊发表多篇散文作品外，于 2016 年 12 月创办微信公众号《青海四月天》，并担任该公众号主笔。已在《青海四月天》发表散文《消失了的年味》系列、《那片长满荆芥的故土》、《〈方四娘〉——一首流传在河湟地区的悲情绝唱》、《哭冤家——一场永无应答的对话》、《青海人的大月饼》等原创散文 400 余篇，共计 50 多万字。20 万字的长篇小说《邻家有二凤》于 2003 年在全球华人网上家园《天涯论坛》连载。20 多万字的长篇小说《湟水河边流走的光阴》正在《青海四月天》连载。

李巧玲（网名远方，女）也是乐都网络写作者中成绩突出的一位。他在乡村耕作之余从事散文创作，除在《海东日报》《中国土族》《群文天地》《瀚海潮》等报刊发表作品外，在《青海读书》《西海人文地理》《香落尘外》《昆仑文学》等公众号发表作品。已出版散文集《樱桃花开》。曾获《青海读书》2020 年十佳“好作者奖”、《青海读书》2021 年十佳“新锐奖”。

从时段上说，乐都的网络写作者群体也可看作乐都作家的第四梯队。但除朱丹青、李巧玲外，第四梯队中尚未出现其他代表性的作家和比较厚重的作品。欲承第三梯队文学创作之成就，开拓乐都文学事业美好之未来，第四梯队写作者任重而道远。

综上所述，乐都数千年文脉绵延不辍，不仅源远流长，且具有独特的边塞风骨和地域特色。尤其是 1949 年以来，乐都本土作家层出不穷，不断取得新的创作成果，虽不敢言说硕果累累，但可谓果实甘饴，回味无穷……

2022 年 3 月 29 日

后记

　　《乐都文学丛书》的诞生，动议于 2020 年终岁尾。那是 12 月的某一日,我在乐都作协年会上,向区文联提出编纂出版《乐都文学丛书》的建议,区文联李积霖主席态度爽快,说这是一件大好事,定当勠力同心促成之。2021 年春节过后,即以区文联与作协的名义给区政府、区委宣传部分别呈送了编纂出版《乐都文学丛书》的报告,领导们研究同意后,在区委宣传部领导的指导下,即于当年 6 月正式启动编纂工作。

　　先是制订编辑方案,确定诗歌、散文、小说、纪实、评论各分卷编辑,然后进入组稿和编选环节。

　　这是乐都历史上第一次以选集的形式编纂出版文学丛书,因此发出的《征稿通知》中对应征稿件的时间范围自然放宽了一些,即编选"改革开放以来,尤其是近十年以来在公开报刊上发表过的作品"。为力争体现收选作者作品的全面性,避免缺漏和遗珠之憾,既编选乐都籍作者的作品,也编选外籍作者书写乐都、情系乐都的作品。

　　起初,拟对一些散文大家的作品多编选一些,并在向他们约稿时说明了此意。这源于我已经掌握有三位外籍散文大家均发表过两篇书写乐都的散文，乐都籍的散文大家发表书写乐都的散文则更多。结果特地约稿的几位大家大多只来稿一两篇，而其他多数应征作者的来稿都在两篇以上，有的多达四五篇，来稿总量之多，令我惊讶、惊喜。但受客观条件所限，该丛书的总字数必须控制在 170 万左右。据此，最终决定散文卷每位作者只入编一篇，并保持着优中选优、佳中选佳的态度，面对大量来稿，着实做了一番披沙拣金、掇菁撷华的工作。

鉴于乐都评论作者较少，征稿时未限定篇数。结果来稿量也很大，且作者多为省内评论大家，只是作者数量相对较少，倘若每位作者只入编一篇，显然不足一本书的体量。全部入编，评论卷体量过大。最终每位作者的来稿或删减一二，或删减二三，多数稿件则予以保留。因此该丛书中，评论卷体量稍大一些。小说卷中，每位作者的来稿或入编一篇，或入编两篇；诗歌卷中，多数作者的来稿入编若干首，少数作者的来稿只入编一二；纪实卷中，来稿多则入编得多，来稿少则入编得少。总之，各卷的选稿在注重文本品质的前提下，还综合考虑了多方因素。之后，除评论卷按被评论的体裁、诗歌卷兼顾体裁和内容分设若干栏目外，其他三卷均按内容分群归类，分设若干栏目。各卷均以其中蕴含该卷综合审美价值的某篇篇名作为书名。我们做完这些初步的编选工作后，根据青海人民出版社的三审意见，两次对各卷的少量稿件又进行了删减或替换。

该丛书编纂过程中，虽有劳心劳力之苦，但也屡屡唤起我们的敬意和感动，并在这种敬意和感动中不断汲取力量砥砺前行，不断增强做好此项工作的责任感和使命感。这除了源于我们阅读到广大应征作家或文字锦绣、或内蕴深邃、或视角独特、或情感丰沛、或书写真诚的各种体裁的作品外（当然许多作家的作品兼具多种优点），还源于广大作家的大力支持和热情配合。省垣作家王文泸、马钧、刘晓林、葛建中、唐涓、邢永贵、刘大伟、李万华、阿甲、张翔、冯晓燕，海东作家张臻卓、张扬、雪归，乐都籍作家王建民、周存云、李永新、马国福等均在第一时间发来大作。其中马钧先生某日凌晨4时起床，于6时左右将一篇曾发表过的评论稿改定后发到我邮箱里，然后匆匆盥洗用早膳后，驱车赴乐都采访该区的书法之乡活动开展情况。葛建中先生赴外地出差期间，背着笔记本电脑在所下榻的酒店里秉烛通宵，整理、修改完曾发表过的数篇稿件发到了我的微信。我向乐都籍老作家李生才电话约稿后，李生才先生花一两天时间翻箱倒柜，找出40年前发表他小说的数本《青海湖》杂志，当我和区文联李积霖主席赴西宁他的家里取那几本样刊时，他和老伴以耄耋之身准备了一桌子丰盛的菜肴，盛情款待我俩。凡此种种，不再一一列举。

编纂该丛书的初衷是回顾、梳理和展示改革开放以来，尤其是近十年以来乐都文学的创作成果，以使读者约略洞见乐都文学创作状况，触摸文学队伍薪火相传、新老交替的脉搏，了解乐都写作队伍的现状。另外，为使读者更好地了解乐都文学的发展脉络和乐都文学的方方面面，丛书中还特地收编了笔者撰写的《源远流长 花繁叶茂——乐都文学概述》一文。我们诚望乐都本土的文学写作者和文学工作者也能窥见自身的不足和隐忧，从而补足短板，强化弱项，开启乐都文学更加美好的明天。

五卷本《乐都文学丛书》，洋洋170多万言，可谓卷帙浩繁；编纂出版这样一套丛书，可谓工程浩大。当完成全部流程，即将付梓之际，终于如释重负了。

特别感谢青海省文联党组成员、副主席，省作协主席梅卓拨冗作序！

特别感谢乐都区委、区政府领导的大力支持！

特别感谢海东市文体旅游广电局的大力支持！

特别感谢乐都区委常委、宣传部部长丁生文花费大量心血并作序！

特别感谢乐都区文联主席李积霖花费大量心血！

特别感谢青海东方全力房地产开发有限公司董事长俞涛慷慨解囊！

感谢青海人民出版社总编辑王绍玉精心谋划，以及编辑二部编辑们付出的辛勤劳动！感谢青海德隆文化创意有限责任公司总经理张芳平的倾情助力！感谢乐都作协编辑同仁们的鼎力襄助！感谢所有支持、关心这套丛书出版的领导和朋友们！

如前所说，有几位知名作家应约投来两篇或两篇以上散文作品，因体量所限，只入编了一篇；有的作家、作者投来的某种体裁的作品，因特殊原因而未能入编。对此，只能举揖致歉了！

茹孝宏

于壬寅虎年孟秋